恋せぬふたり

吉田恵里香

集英社文庫

「アロマンティック」とは、
恋愛的指向のひとつで
他者に恋愛感情を抱かないこと。

「アセクシュアル」とは、
性的指向のひとつで
他者に性的に惹《ひ》かれないこと。

どちらの面でも他者に惹かれない人を、
アロマンティック・アセクシュアルと呼ぶ。

恋せぬふたり

児玉咲子、高橋を知る

野菜売り場が好きだ。特に、人が誰もいない野菜売り場が。お客さんを迎え入れる音楽も、誰かの喋《しゃべ》り声もない、この静かな空間が大好きだ。

入口の一番目立つ所に並ぶ蓮根《れんこん》や里芋やきのこに秋を感じながら、売り場を眺めて歩く。シンと静まり、まだ暖房も効いていない売り場に響くのは、私の踵《かかと》に気持ち程度についている低いヒールの音だけ。

「スーパーまるまる」は関東を中心に展開する大型チェーンスーパーマーケット。その本社の営業戦略課で働いている私の仕事は、店頭に並ぶお惣菜《そうざい》や季節ごとのフェアやキャンペーンを考えることだ。

月に一、二度、店舗を複数まわるけれど、この山中店が一番のお気に入りだ。並んだ野菜の彩りも、そこに添えられた手書きのPOPもいい感じ。なんというか優しくて居心地がいい。

ほっこりとしながら、POPの文章を次々に目で追っていると、ある文字が目に入った。

「YR春風」

なんだこれは。アルファベットと漢字が融合した、野菜らしからぬ名前。しかもこのPOPが貼られた棚に積まれているのはどこからどう見てもキャベツ。まるまるぎっしり葉をつけたキャベツだ。POPの貼り間違いだろうか。

「先輩。先輩ってば」

ぬっと横から私を覗《のぞ》き込んできたのは、入社一年目の丸山《まるやま》くんだ。

突然目の前に顔が現れて、ビクリと身体《からだ》が強張《こわば》り、思わず「わっ」と声が漏れた。

「わっ、て！　ずっと呼んでるのに」

「あぁ、ごめん」

「朝早いから寝ぼけてるんですか？」

「寝ぼけてないって」

私の反応を面白がっている丸山くんは笑うと一気に幼さが増す。若さと無邪気さが弾《はじ》けて微笑《ほほえ》ましくて、彼の軽口も流せてしまう。

「あれ、先輩。そのコート新しいやつですか？」

「ううん、ずっと着てるやつ。寒くなってきたからさ」

「へぇ、そうなんですか。先輩って割とお洒落《しゃれ》ですよね、地味ですけど」

「地味って」

笑って流しつつも、長年着ているグレーのダッフルコートはくたびれてきているが、お気に入りなので嬉《うれ》しい。丸山くんは細かいことに気がつく。今着ているベージュの丸首セーターを初めて着てきた時も、髪を切った時も一番に反応してくれた。きりっとした目鼻立ちと人懐っこい感じがたまらない、と同期の子たちが話していたっけ。そういうところも含めて、彼は営業戦略課で一目置かれた新人だった。

「お〜い、何やってんだ」

離れた場所から上司の田端《たばた》さんが声をあげた。

「丸山、俺は兒玉《こだま》を呼んで来いって言ったんだが」

「あ、すいません」

足早に丸山くんと共に田端さんの元へと向かう。田端さんは得意げに顎で「ん」とお惣菜コーナーを見ろと促してきた。

「え、こんなにドド〜ンと！」

お惣菜コーナーの一角には、新商品「恋する肉じゃが」が平積みされている。ポスターや商品紹介も貼られており、力を入れてくれているのがすぐに分かった。

「やったね、丸山くん！」

丸山くんが初めて企画した商品だった。嬉しくて、思わず丸山くんにハイタッチを求めると、照れくさそうにしつつも、ポンッと私の手を叩《たた》いてきた。

「でもわざわざみんなで売り場を見に来なくても」

「わざわざ行くの！　自分の企画が通ったら、現場に見に行く。それがうちの課のならわしだから」

「先輩、改めてお礼させてくださいね」

「お礼？」

「この企画通ったの、先輩のお陰だし」

「いやいや私は何も！」

「感謝してるんです。電話で相談乗ってくれたり、休みの日も一緒にリサーチ行ってくれたり」

「なになに？　二人仲良しじゃない～？」

田端さんが突然食いついてきた。

「仲良しですよ！　弟がいたらこんな感じなんだろうなって」

「先輩が姉貴は、ヤだな」

「ちょっと！　どういう意味？」

営業戦略課はここ数年新人が配属されていなかったので、私はずっと下っ端だった。こういうふざけたやりとりが若い子とできることが嬉しい。丸山くんが来てくれて本当によかった。

「や～でもいいよね、これ！」

田端さんは子犬のじゃれあいを見るような目を向けてから、平積みされた商品を手に取った。

「おうちデート用のお洒落な肉じゃが!」

「ありがとうございます」

丸山くんが頭を下げる。

「いいよ、本当に。お惣菜のパックも野菜の切り方もお洒落だし。とろみをつけて冷めにくくしてるから、ゆっくり飲みながらつまむのにも最適だし」

田端さんに褒められ、まんざらでもなさそうに頰を緩めている丸山くんを、田端さんは更に褒めちぎる。

「何よりさ、ターゲットも広いよね! だって恋しない人間なんていないもん。なぁ兒玉」

同意を求められたが、私は否定も肯定もせず無言で微笑むことしかできなかった。

「兒玉も仕事一本じゃなく恋愛もな! そういう経験が商品開発に生きて、人を成長させんのよ!」

私は無言の微笑み返しを続ける。長年の経験で分かる。こういう話題は反応せず笑って流すのが一番なのだ。

「田端さん、これがヒットしたら是非シリーズ化を!」

会話が弾んでいないことに気づいた丸山くんが、新たな話題を振ろうとした時だった。身振り手振り大きく話す丸山くんの腕が、何かにぶつかった。それはキャベツが積まれた荷台だった。衝撃でキャベツの山が雪崩《なだれ》を起こす。

「あっ！」

荷台を押していた店員さんが咄嗟《とっさ》に手を伸ばしてキャベツをキャッチしようとする。が、間に合わず。緑の塊たちはゴロンと床に転がり落ちていった。

「あ！　ごめんなさい、拾います！」

突然のことで硬直している丸山くんに代わって、私は慌てて駆け寄りキャベツを拾い上げようとした。だが手が触れたのは、ぎっしりと葉が詰まったキャベツではなく、骨ばっているが温かい、店員さんの手だった。

店員さんも予想していなかった状況らしく、手が重なるのとほぼ同時に目が合った。店員さんの目は、切れ長だけどちょっと目尻が下がっていて、瞳は驚くほど澄んで潤んでいる。色白でしゅっとした顔に、光を当てた茶色いビー玉が二つ飾ってあるみたいだった。

「あ、ごめんなさい」

我に返り、謝罪すると、店員さんもパッと私の手を払いのけて立ち上がる。その勢いに驚きつつも、反射的にまた「ごめんなさい」と口にしていた。

「いえ大丈夫です」

店員さんは私と目を合わすことなく、身につけていた赤色のエプロンでさっと手を拭うと、散らばったキャベツを拾い始めた。きゅっと閉じた口元を見ても、表情が読み取れない。全く気にしていないかもしれないし、もしくは開店前に余計な仕事を増やされて怒っているのかもしれない。

「ごめんなさい。傷んじゃいましたかね。それなら私買い取ります」

「あ、なら俺が。すみません」

やっと硬直が解けた丸山くんは、申し訳なさそうに頭を下げた。

「いえ、お気になさらず。こちらで対応しますので」

店員さんは私が拾ったキャベツを受け取り、再び荷台に積み直していく。キャベツの入った段ボールに目をやると、そこには先ほどの「YR春風」の文字があった。

「あの、『YR春風』って、このキャベツの名前ですか?」

「ええ」

「ですよね！　さっき野菜売り場見てて、明らかにキャベツの所にYR春風ってあって不思議で！」

「名前があるならきちんと呼びたいだけです。僕も一緒くたに人類とか呼ばれたくないので」

面白くて素敵な考え方をする人だな。彼の胸についた名札を見ると、「高橋《たかはし》」とある。

「あ、もしかして野菜売り場の配置とかしてるのって、高橋さんだったりします？」

「まぁ、はい」

「ここの野菜の配置、いいですよね！」

いつも感じていた推しポイントを伝えたくて、思わず早口になる。

「旬のものが一目で分かったり、同じ色味の野菜が並びそうな時は差し色として違う色の野菜を間に並べてあったり工夫がいっぱいで」

「ありがとうございます」

「あと、丁寧なＰＯＰ書いてるのも高橋さん？」

「はい」

「ＰＯＰに野菜を使った献立を書いてるのも？」

「はい」

「じゃあもしかしてキャベツ好きですか？　ＰＯＰの説明が他より詳しめで……あ、あとあと」

「あの」

喋り倒している私を、眉を下げて困り顔の高橋さんが遮った。

「本社の方々ですよね」

興奮冷めやらぬまま力強く頷《うなず》く私とは対照的な様子の高橋さんが、遠慮がちに訊《たず》ねてきた。

「そうです！」

「なんで僕の名前を」

「え？　それは」

胸元の名札を指さすと、高橋さんは納得したらしく「あぁ」と表情を和らげた。

「あ、ちなみに私は営業戦略課の兒玉、兒玉咲子《さくこ》です！　『さき』じゃなくて『さくこ』です」

「咲子さん」

会話が途切れるのを見計らっていたのか、田端さんが割って入ってきた。

「何何？　見つめ合っちゃって。『恋する肉じゃが』の前で恋始まっちゃった？」

恋？　どういう意味だろう？　本当に意味が分からない。私の話を聞いてなかったんだろうか。愛想笑いで流すこともできない私を置いてきぼりにして、田端さんが一人ニヤニヤと盛り上がっている。

「そっか兒玉は年上好きか！　知らなかったな、丸山！」

丸山くんはどこか白けた感じで「はぁ」と生返事をするだけだ。対照的な二人の表情に、私はますます理解が追いつかない。

「いや、私は高橋さんの、高橋さんの配置のファンというか」

「ファン、ファンねぇ」

田端さんは更に顔をニヤけさせるだけだ。やっぱり笑って流しておけばよかったのか。でもこれ以上、田端さんとのやりとりに高橋さんを巻き込んでしまっては申し訳ない。ベストな応対が分からず焦っている私を尻目に、高橋さんは荷台を押して立ち去ろうとしている。

「あ、そうだ」

不意に立ち止まり、高橋さんは、あの綺麗《きれい》な瞳を私にだけ向けた。

「いると思いますよ」

「え?」

「恋しない人間」

「は?」

私より先に口を開いたのは、丸山くんだった。言葉にはしていないが「急に何を言っているんだ、こいつ」と彼の顔にははっきり書いてあった。

「すみません、余計なことを言いました。開店準備がありますので。では」

そう一息で言い切り、会釈すると逃げるように去っていった。

「お、面白い人だなぁ。なぁ」

この空気が気まずいのか、田端さんは作り笑いを顔にはりつけて同意を求めてきている。私はそれを受け流しながら、高橋さんの背中をしばらく眺めていた。彼がこちらを振り返ることはなかった。

会社に戻り、終業時間を少し過ぎた頃、気づけばオフィスにいるのは私と丸山くんだけになっていた。彼はおもむろに席を立つと、鞄《かばん》に荷物を詰めて帰り支度を始めた。

「丸山くん、お疲れ様」

丸山くんからの返事はない。

「恋する肉じゃが、発売本当におめでとうね！　ゆっくり休んで月曜からまた頑張ろう！」

再度話しかけてみても、彼は無言で上着のボタンをかけ続けていて、目線も交わらない。いつもの無邪気な笑顔はどこにもない。彫りの深い目元にいつもより陰がさしてくぼんでいるようにも見える。

「えっと、どうかした？　具合悪い？」

考えてみると、山中店を出た時もいつもの元気がなかった気がする。

「何かあったの？　ねぇ、大丈夫？　話くらいなら聞くけど」

「……『咲子さん』って」

丸山くんがやっと口を開いた。

「あの野菜売り場の奴《やつ》、いきなり名前呼びしちゃって」

「あぁ、高橋さんのこと？」

彼はこくりと頷いた。

「私があんな自己紹介したからじゃないかな。それに名前呼びでも苗字《みようじ》呼びでも私は別に──」

「あの人、指輪してませんでしたよ」

私の話を最後まで聞かずに、丸山くんは言葉を被《かぶ》せてきた。わざわざ言葉を遮って、なんで今、指輪をしているしていないを伝えたかったのだろうか。

「えっと、だから何？」

「だから……誰でも彼でも仲良くしないでください。男はみんな勘違いします」

勘違いとはなんだろう。頭の中はどんどん「？」で埋め尽くされていく。

「なんか怒ってる？」

「そりゃ怒りますよ。だって、あんな風にキャッキャしちゃって」

丸山くんは私の席までやってきて、その場にしゃがみ込んだ。見上げていた彼の顔を追って、目線を下げると今度はしっかりと目が合った。丸山くんは目が合ったのを確認すると、先ほどまでとは違う声色で言った。

「……俺がどう思うとか考えないんですか」

丸山くんの表情や態度の変化についていけず、「どう思う?」と質問返しするのが精一杯だった。ポカンとする私の手に丸山くんの手が重なった。偶然かと思ったが違う。明確に私に触れようと指を絡めてぎゅっと力がこもってくる。

早く手を放してほしい。なぜここで手を握るのだろう？　どうしていいのか分からず、違和感ばかりが溢《あふ》れて、静かに身体を覆っていく。私の困惑に何も気づいていない丸山くんは更に手を強く握ってきた。

「俺、もう弟とか後輩とかじゃヤです」

「え？」

声色はますます優しく、子犬が甘え声をあげているようだ。

「俺の気持ち、もう分かってますよね？」

絡ませられた指をほどきながら、かける言葉を探したが何も見つからない。正直な気持ちをぶつけてみるしかない。

「……え、なんの話？」

「え？　だって俺らいい感じだったじゃないですか、もうほとんど恋人って感じで！」

一たす一は二。そんな当然のことを確認するように彼は私に問いかけてくるが、何ひとつ首を縦に振れるようなものはなかった。

「え？　先輩も俺のこと好きですよね!?」

語気強く迫られて、この話題でなければ流されてしまいそうだ。でもきちんと否定しないといけない。

「……や、えっと……ごめんなさい」

丸山くんの顔が首まで真っ赤に染まっていく。何か言いたげだったが、彼は真っ赤な顔のまま乱暴に鞄を摑《つか》むと、そのままオフィスを出ていってしまった。ずっと無意識に体に力を入れていたらしい。一人になった途端、体勢が崩れて椅子の背もたれから滑り落ちそうになった。

強張りが解けると同時にどっと疲れが押し寄せてきた。

心がペシャンコだ。これはもう、千鶴《ちづる》に連絡するしかない。

千鶴との出会いは高校二年の時だった。

出席番号順に並んだ時、門脇《かどわき》千鶴の次が私。新学期初日に私が筆箱を忘れたことが仲良くなるきっかけだった。彼女の第一印象は、大人びていて、目つきが鋭くてちょっと怖そうな子。だから内心びくびくしながら、シャーペンを貸してもらったのを今でも覚えている。話してみたら、口を大きく開けて笑うカラッとした気っ風のいい子で、私たちはすぐに意気投合した。クラスに木村とか工藤とかそんな苗字の子がいたら、私たちは友だちにならなかったかもしれない。

会社を出てすぐに連絡をすると、たまたま千鶴は仕事が休みで、いつものお好み焼き屋で会うことになった。千鶴は美容師をしている。なので、働きだしてからは平日の夜にご飯を食べに行くことが多い。たまにはお洒落なお店に行くこともあるが、大抵は壁や床に油の匂いが染みついた穴場のお好み焼き屋でダラダラお喋りするのがお決まりのコースだった。

先ほど起こった丸山くんとの出来事を話す間、千鶴はずっと黙っていた。彼女はテーブルに肘をつきながら、いつも私の話を遮ることなく、じっくり聞いてくれる。相槌《あいづち》もほぼ打たない代わりに、話の内容に合わせて、眉間のしわが深くなる。

「よっぽど自信あったんじゃん？　『イケメンで年下の俺の告白を断るなんてありえん』的な？　アッホらし」

「私が、悪いのかな」

「や、なんも悪くないでしょ。その後輩くんが勘違いしちゃっただけ。放っとけ放っとけ！」

そう言って、千鶴は氷が溶けて薄まったハイボールを飲み干した。話し終えた後も、モヤモヤが収まらず、むしろ更に気持ちが沈んでいく。丸山くんとは仕事上で良い関係を築けていると思っていたのだ。

「私、頑張ってる後輩、応援してただけで……なんでそれが好きってことになるんだろう。丸山くんと仕事の話くらいしかしてないのに」

「いるよね、なんでも恋愛に繋《つな》がっちゃう人」

「私は繋げたくないのに」

皿に残っていたお好み焼きを箸で突《つつ》く。千鶴を前にすると、どんどん不満が口からこぼれてしまう。

「……私さ、職場で恋愛の話したくないから『今は仕事を頑張りたいんです』って、ちゃんと事あるごとに言ってるのに」

「咲子ってやっぱりアレだよね。恋愛関連苦手っていうか」

「またヘタクソって言いたいんでしょ？」

目の前にある顔の口角がニイっとつりあがる。

「千鶴ひっど！」

「ごめんごめん」と言いながらも、千鶴はいつものように大きな口で笑っている。笑いながら嫌なことは忘れてしまおうというのが彼女の考え方だ。

「ねぇ覚えてる？　高校の頃、みんなでケーキバイキング行った時、恋バナ始まったら話に入ってこないで、五回もおかわりして気持ち悪くなったの」

「覚えてるも何も、いまだに親が笑い話にしてるよ」

あの日、気持ち悪くて動けなくなった私をお母さんが迎えに来てくれたのだ。それから食卓にケーキが並ぶ度に〝食い意地の張った娘の面白話〟として、昔話が繰り広げられる。

「あと職場で出会っためっちゃ気が合うとか言ってた彼氏とも、結局すぐ別れてたよね」

「よく覚えてるね、そんなこと」

「なんか恋愛運だけとことんないんだよね、咲子。なんでなんだろう？」

本当になんでなんだろう。昔からそうなのだ。恋愛運というか、恋愛のことがさっぱり分からない。お付き合いをしたことはあるが、その度に自分が周りと違うということを痛感するばかりだ。

ソースで汚れた皿を見つめていたら、自然と言葉が漏れた。

「……多分……きっと私が悪いのかな」

「んなことないって！」

千鶴の声は、私が吐き出した言葉を吹き飛ばすように大きい。

「咲子、アンタは最高！　食え食え、奢《おご》ったる」

「ありがと」

「そのうち出会うでしょ、咲子に合う人と」

「そうかな」

今まで周りから何十回も言われてきたことだが、改めて口にされると気が重くなる。恋愛はして当たり前。ふと今朝スーパーまるまる山中店で言われた「いると思いますよ、恋しない人間」という言葉が頭に浮かんでくる。あんなことを言われたのは、生まれて初めてだったが、やっぱりそんな人はいないのかも。ちょっと膨らんできていたペシャンコになった心から、また空気が抜けかけていた時だった。

「……まぁ無理にするもんじゃないよね、恋なんて」

千鶴は鉄板についたコゲを力いっぱいこそげている。

「最近私も、もう恋とかそういうのいいかな派でさ」

「え？」

「仕事して、コンビニでちょっと気になるお菓子買って資格の勉強して、友だちと会って……そういうので割と毎日充分っていうか」

テーブルから身を乗り出して激しく首を縦に振って、全身全霊で同意した。

「そう、そうなの！　充分！」

まさか、千鶴も同じことを思っていたなんて。へこみかけていた心が一気にパンパンに膨らんでいく。

「恋愛するとかしないとかこっちの自由だし」

「そう！　あ～、やっぱ千鶴好き！　最高最強！」

チビチビ飲んでいたアルコールが身体を駆け巡り、熱くなっていく。鉄板を挟んでいなかったら、千鶴に抱きついてその場でグルグルまわりたい気分だった。

千鶴は元気になった私を満足そうに見やって、それから意を決したように切り出した。

「あのさ、話変わるけど私もうすぐ家の契約更新でさ」

「更新？」

「うん。それでね、次はトイレとお風呂別の部屋に住みたくて。だから今ルームシェア的なのをする人を――」

「する！」

返事の早さに千鶴は、「早っ！」とまた口を大きく開けて笑った。私たちは再度乾杯をして、新生活についての計画を語り合ったのだった。


家に帰ると、姪《めい》の摩耶《まや》がソファで眠っていた。摩耶は妹のみのりの子供で、五歳になったばかりだ。可愛《かわい》い寝顔を眺めながら、柔らかな頬に触れる。

「ちょっと、起こさないでね」

エクレアを頬張るみのりに注意された。

実家から三駅離れた場所に住むみのりは、娘の摩耶を連れて頻繁に遊びにやってくる。体育教師をしている夫の大輔《だいすけ》さんは部活の顧問をしていて、しょっちゅう帰りが遅くなるのだ。それに彼女は今新たな命を授かっている。年明けにはもう一人女の子が生まれるそうだ。

お父さんもお母さんも二人目の孫の誕生が待ちきれないらしく、リビングのテーブルには食後のデザートのエクレアの他に真新しいベビー服が並んでいる。

「気が早いって。摩耶のお古もあるし」

「いいでしょ。肌着は何枚あっても困らないし」

みのりのぼやきを適当に流すお母さんは、さっきから不機嫌そうだ。理由は明白で、私が家を出るという話をしたからだ。

「家を出るって、相談もなしに」

「今日そういう話になったの。明日から部屋探して、良い所あったら決めちゃおうって」

「随分急過ぎない？　ねぇ」

お母さんに話を振られたお父さんは「あぁ」とだけ言うと、エクレアを頬張る。話下手なお父さんが、会話から離脱するためによくやる手だ。その態度が気に入らないお母さんはますます口を尖《とが》らせる。

「いいじゃん、好きにさせたら！」

助け船を出してくれたのはみのりだった。

「そしたら里帰りの時、お姉ちゃんの部屋も使えるし！」

「え」

「私の部屋、ほぼお父さんの書斎になってるじゃん？　摩耶と赤ちゃん連れて泊まるにはちょっと狭いんだよね」

みのりはどんどん話を進めていく。部屋を明け渡すつもりまではなかったのでどう反応していいか分からない。

「いいでしょ？　一度家を出て、出戻ると婚期逃すから！　お母さんもさっき言ってたもんね。咲子には早く男孫を産んでもらわないとって」

「ちょっと、みのり！」

勝手に会話の内容をバラされて怒るお母さんのことをみのりは一切気にしていない。昔からメンタルだけは強い女なのだ。

「千鶴さんにさ、誰か紹介してもらったら？」

同意でも否定でもない無言の微笑みを作る私が、みのりは面白くないようだ。

「まぁどうでもいいんだけどさ。あ、こんな時間……じゃあ私たち帰るね」

お腹《なか》が重そうに立ち上がるみのりの身体を、お母さんが支える。

「摩耶ちゃん寝てるし、泊まってけば？」

「抱っこしてくから」

「抱っこ？　駄目駄目、パパ送ってあげて」

お母さんのお願いは絶対だ。お父さんは無言で身支度を始める。

「みのり、コート着ちゃいなさい」

「いいの？　私本当に歩いて帰れるよ？」

お母さんは摩耶を抱っこしながら、しつこいなぁというように、みのりを睨《にら》む。

「安定期だからって油断しない。摩耶もいるんだし。私も乗ってくから、ゴミ袋買いたいし。咲子、悪いけど片付けお願い」

「へ～い」

いつもならちょっと面倒くさいけど、今日の私は機嫌がいい。嵐が去ったように静かになったリビングで、自分の分のエクレアをつまみながら残された食器を重ねていると、玄関のほうからお母さんの声が聞こえてきた。

「なんでお姉ちゃんにあんな話するの！」

「何が？」

みのりの気のない返事に、お母さんはますます苛立《いらだ》っているようだ。

「プレッシャーかけちゃ駄目。平気そうにしてても絶対結婚焦ってんだから」

あちらは聞こえていないつもりのようだが、狭い我が家では、完全に筒抜けだった。

「お母さんだって、子供は早いうちに産んどいたほうがいいっていつも言ってんじゃん」

「それは……だってあの子もいい歳《とし》だし」

「今は仕事が楽しいんだろ、咲子は」

お父さんのフォローが聞こえたところで玄関のドアが閉じる音がして、今度こそ我が家に静寂が訪れる。

一旦、片付けの手を止めて、私は壁に飾られている家族写真を眺めた。

幼い頃の私とみのりの写真の横には、みのりの結婚式や摩耶のお宮参り、七五三など、みのりにまつわる写真が所狭しと並んでいる。

壁にはまだ余白がある。そこは私のために空けられたスペースだ。私が結婚して出産した際の写真を飾る予定の場所。この空白を見ると、切り取ってどこかに投げ捨てたくなる。

家族のことは大好きだ。お父さんお母さんは愛情たっぷりに私を育ててくれた。いい歳して親離れ子離れできてない感もあるが、いつも私のことを心配、気遣いしてくれる人たちとの生活に安らぎを感じていたのも事実だ。でもこの何年か、ずっと圧のようなものを感じている。

「結婚はまだなのか、妹に先越されてるぞ」

妹のお腹が膨らむ度、摩耶が誕生日を迎える度に、その圧はどんどん大きくなっていく。そして、安らぎの場所であったはずの我が家に、いつの間にか居場所がなくなっていることを思い知らされるのだ。

　一人暮らしをしようと考えたことももちろんある。

でもずっと一人になることは怖かった。そのことを千鶴に話したら「一人暮らしも悪くないよ？」とフォロー半分、茶化し半分で言っていたが、そういう話ではない。もっとと漠然とした、でもとても深い恐怖を「一人」というワードの中に感じてしまうのだ。

千鶴はピンと来ていなかったようなので、私は話を切り上げた。

「とにかく！　千鶴と一緒に住めるなら、そこが私たちの居場所……お城になるなら最高だなって」

　そうだ、私たちは新しい居場所を作るんだ。モヤモヤしている時間がもったいない。心をパンパンにして最高のお城を見つけなくっちゃ。


　千鶴との部屋探しは驚くほどスムーズに進んだ。

部屋探しには何日もかかると思っていたが、探しだした初日、四軒目の内見で最高の物件に出会ってしまった。

　築年数は二十年と、やや経《た》っている。だがリノベーションしたばかりのマンションで壁も天井も真っ白だ。東南角部屋の五階で日当たり良し。リビングの他に部屋が二つあり、それぞれに小さなクローゼットがある。もちろんトイレとお風呂は別。独立洗面台までついている。

ベランダに出た時には、もう既に二人の心は決まっていた。先に切り出したのは千鶴だ。

「ここだね」

「うん、私たちのお城」

「まぁ城にしては、かなり小さいけどね」

千鶴は風になびく髪の毛をかきあげる。彼女のこういうちょっと冷めた切り返しが、私は好きだ。風のせいでボサボサになったお互いの髪の毛を見て、お互いに笑う。ここで毎日こんな風に千鶴と笑って暮らせるなんて。

「お城、最高！」

気づくと心の声が漏れ出ていた。いや、叫んでいた。叫び足りなくて、ベランダから身を乗り出してもう一度叫んだ。

「最高！」

「危ないって」

呆《あき》れたように言いながら、千鶴が後ろから腕を引いて、私の身体を手すりから引き離す。私は楽しくなって、子供みたいに千鶴に寄りかかった。彼女は優しく私を抱きとめてくれた。

「見つけたね千鶴！　恋とか愛とかメンドいことがなんもない、私たちの城！」

私を抱きしめながら、千鶴はしばらく間を置いて「うん」と口にしたのだった。


「へぇ家出んの？」

休憩スペースでコーヒーを飲みながら、お洒落な家具・雑貨のサイトを眺めていると、同僚のカズくんが勝手にスマホを覗き込んできた。いつもカズくんは距離感がおかしい。

隣にぴったりと並んでくるので、彼の整髪料の匂いがふんわり鼻をかすめた。いわゆるチャラさのある人だが、身だしなみだけはいつもきちんとしている。今日もアイロンがしっかりとかけられたワイシャツとスーツに身を包み、整えられた眉毛がキリリと輝いて見える。他部署の子が営業戦略課は男子の顔面偏差値が高いとかなんとか言っていたが、正直その手の話は私にはさっぱり分からない。

「うわ、何それ北欧家具的なやつ？」

「ちょっと」

咄嗟に画面を隠してカズくんを睨むが、彼は一切動じていないようだ。

「同棲《どうせい》？　いつ彼氏できたの？」

「高校の時の友だちとルームシェアするの」

「友だちって女？」

「そうだけど」

カズくんはどこか安心した様子で「そっか」と呟《つぶや》く。

「じゃあ俺からのアドバイス。そんな張り切って家具とか集めないほうがいいから」

「え？」

「だってそれ期限付きじゃん、どっちかに男できるまでの」

「お、男？」

カズくんは、自分は何ひとつ間違っていないというように、淀《よど》みなく次々とアドバイスという名のお節介を続けた。

「相手より先に、彼氏見つけないとな。残されるほうが絶対空《むな》しくなるし」

「いや、私と友だちは、恋愛がなくても毎日楽しいってことに気づいて」

「諦めるの早くない？　出会い求めて、合コンとか行くとかさ」

うん。駄目だ。話が通じない。

私はいつも通り愛想笑いでかわそうとしたが、今日のカズくんはしつこい。

「あ、恋より仕事キャラ継続中？」

「かなぁ」

私も負けじと流そうとしていた時だった。

「あ、いたいた、兒玉！」

田端さんが休憩スペースに駆け込んできた。私を探して走りまわっていたのか、額に汗を浮かべている。

「どうかしましたか？」

「あぁ、今日から丸山の企画引き継いでくれるか」

丸山くんの企画を引き継ぐ？　彼がずっと温めてきた企画なのに？

「なんかあいつ、急に部署異動したいとか言ってきてさ……それにしばらく会社休むとかなんとか」

「部署異動」「会社を休む」。ぎゅっと握られた際の丸山くんの、汗で少し湿った手の感触が蘇《よみがえ》ってくる。たしかに彼とは、休み明けから顔を合わせていなかった。金曜の夜のやりとりのせいで避けられているのかもとは思っていたが、まさかここまでとは。

「兒玉、仲良かったろ？　理由聞いといてくれよ。頼むな！」

用件だけ伝えると、田端さんは汗を拭ってそそくさと立ち去っていった。

「さらっと仕事押し付けてったな、あの人」

カズくんの乾いた笑い声は耳に入っていたが、頭の中は丸山くんでいっぱいだった。

まだ仕事の詰めが甘いところは沢山あったけれど、みんなに期待された新人くんだった。首まで真っ赤にして去っていったから、怒っているのだろうとは感じていた。でも、部署まで替えようとするなんて。

これも全部私のせいなのか?

「ん? どうした? 大丈夫か?」

心配そうにカズくんに顔を覗かれて、慌ててまたいつもの愛想笑いで、顔をコーティングする。

「うん、大丈夫大丈夫」

心配するカズくんを残して、私は休憩スペースを足早に後にした。廊下を一人歩いていると、胸のあたりからシューっと心がまたしぼんでいく音が聞こえてくる。心に開いた穴を塞ぐために、私は小さな声で念仏のように繰り返した。

「私にはお城がある。お城、お城、お城」

こういう日はさっさと家に帰るに限る。

カズくんが私の様子を心配して夕飯に誘ってくれたが、丁重にお断りをして、定時で仕事を切り上げた。お節介なところと距離感がおかしいところはあるけれど、根はいい奴なのだ。

家に帰ると、お母さんが大好物のメンチカツを揚げてくれていた。だが、今日はあまり食が進まない。

「何、ぼ〜っとして。なんかあった？」

　お母さんが部屋を片付けながら近づいてきた。

「あ、ううん別に。ちょっと疲れただけ」

「そう、ならいいけど。ねぇ、今週末あなたの部屋にベビーベッド置いちゃうけどいいよね？　みのりの部屋、パパの書斎になっちゃってるし」

「うん、大丈夫」

「引っ越しの準備はもう大体済んだ？　あんまり千鶴ちゃんに甘えちゃ駄目よ。自分のことは自分で」

「分かってるって」

　心配が尽きないお母さんを遮るようにチャイムが鳴った。玄関の扉を開けると、宅配員さんがお目当ての荷物を持って立っていた。

「ご苦労様です。ありがとうございます」

　荷物を受け取り、宅配員さんを見送ってから、その場で箱の中身を確認する。それは小さなスタンドランプだった。アンティーク調でシェードの部分がステンドグラスのようになっている。ネットで見て一目で気に入った。千鶴と私のお城にぴったりだ。

　写真を撮って千鶴に送ろうとしていると、一通のＬＩＮＥが届いた。

【今から会える？】

千鶴からだった。

なんて良いタイミングなんだろう。写真を撮るのをやめてすぐに返事をした。

【私も見せたいものがあって!】

どうせなら現物を見てもらいたい。きっと「咲子にしてはセンス良いじゃん」と、千鶴らしい言い回しで褒めてくれるだろう。

部屋着の上に、いつものダッフルコートを羽織り、ランプの箱を胸に抱いて家を出た。

私が到着して、すぐに千鶴も店にやってきた。

「こっちこっち」と手を振ると、彼女はまっすぐ席にやってきてコートも脱がずに席についた。

「今ココア頼んだけど、千鶴は?」

「あぁ、うん」

千鶴の表情はどこか虚《うつ》ろで、顔色も悪い。そして眉間には今までにないくらい深いしわが刻まれていた。

「コート脱がないの? 寒い?」

「うん」

私は千鶴の目の前に、ランプの入った箱を差し出した。ちょっと元気がないみたいだけど、これを見たら気分もあがるはずだ。

「ねぇ見てこれ。私たちの部屋に置こうと思って――」

「ごめん」

彼女は急に頭を下げた。

「え？」

千鶴は、ランプの箱も私の顔も一切見ずに俯《うつむ》いている。彼女は、いつもとは違う弱々しい声をやっとのことでしぼり出した。

「元彼とヨリ戻すことになって……それで一緒に住もうって言われてて」

「一緒に住む？　え、でも千鶴は私と一緒に」

「だから、ごめん」

ぼんやりと答えは見えているが、それじゃ駄目だ。きちんと確認しないと、状況が整理できない。

「じゃあ、あの部屋は……千鶴と彼氏さんが住むの？」

「や、彼の家にそのまま住むことになりそう」

「……そっか」

「明日不動産屋さんには私から断り入れるし、もしお金とかかかるなら、それは私持つから」

千鶴は事務的に話を進めていく。

目の前にいるのは、本当に私の大好きな千鶴なんだろうか。馬鹿でかい笑い声をあげる大きな口は、今日は口角が下がったままで、唇もかさついている。

「ごめん、急に。会って謝りたかったから」

「……えっと、ヨリが戻るってことは、おめでとう、なんだよね」

千鶴は黙っていた。

「おめでとう、千鶴！」

この空気のままお別れは嫌だ。

私はせめて彼女に笑ってほしくて、無理に笑顔を作り、明るく振る舞った。

「ごめん。ちゃんとおめでとうできなくて。ほら私、ちょっと浮かれちゃってたから」

「だから悪いと思ってるって！」

千鶴の苛立った声が、私の耳を貫いた。

私はあの大きな笑い声が聞きたかっただけなのに。私の願いも空しく、私たちの間に流れる空気はどんどん最悪なものになっていった。

「あの、千鶴……」

千鶴は今まで見たことがないくらい怖い顔で言葉を重ねていく。

「でも仕方ないじゃん、好きなんだから。そういう抑えられないものって突然来るもんでしょ？　人間なんだからっ！」

彼女の言葉が鋭く、私をえぐっていく。

千鶴はそのまま席を立った。

「ごめん。自分勝手だって分かってる。嫌ならもう友だちやめていいから」

私は首を振ることしかできない。

いつもならたとえ喧嘩《けんか》してもどちらかが言いたいことを言えば、仲直りだ。でも、今日は違う。千鶴は早くここから逃げ出したいようで、「じゃあ行くね」と言いながら、もう足は出口に向かっていた。彼女を引き留めたかったが、なんと声をかけていいか分からない。

「……咲子」

呆然《ぼうぜん》とする私に、彼女は今日初めての笑みをうっすらと浮かべて、声を震わせながら言った。

「……咲子も早く誰か、運命の人に出会えるといいね」

今日聞いたどんな言葉より、残酷で苦しいものだった。

千鶴の一言は胸の一番深い所に突き刺さっている。私の心は跡形もないくらい木端微塵《こっぱみじん》に破裂してしまったようだった。

まっすぐ家に帰る気にもなれず、帰り道にある公園のブランコに腰をかけた。夜風が冷たく、頬がピリピリとする。悲しいのに涙ひとつ流れることはなかった。喜んでもらえるはずだったランプを胸に抱き直すと、ため息と共に、言葉が漏れた。

「私のせい、かな」

丸山くんの件も千鶴の件も、私に起こる嫌なことは全部自分のせいなんじゃないかと思えてくる。それはきっと、私が恋とか愛とかそういうものがよく分かっていないからなんだろう。コートのポケットから、スマホを取り出して、私はある言葉を検索してみることにした。

【運命の相手とは】

検索結果には恋愛テクニックや婚活サイトが表示されている。私が欲しい答えはこれではない。

次は【恋愛　しない】で検索する。

同じく婚活サイトや出会う方法が出てきたので、検索ワードに【わからない】と追加する。これで検索しようと思ったが、思いとどまった。私は恐る恐る、もうひとつ言葉を追加する。

【恋愛　しない　わからない　おかしい】

覚悟を決めて検索ボタンを押した。「おかしい」と打ち込むのは、とても勇気がいることだった。これでもし、私がおかしいことが証明されてしまったらと考えると怖くて怖くてたまらなかった。

　検索結果には自己啓発系のブログが並んでいる。自分を否定されずにとりあえずほっとしていると、ある文章が目に飛び込んできた。

『アロマアセクの知識にかかわらず恋愛しないとおかしいと言うほうがおかしい』

　その文章は、個人の「羽色《はねいろ》キャベツのアロマ日記」というブログに掲載されているようだ。そのブログを開き、読み進める。

『アロマアセクの知識にかかわらず恋愛しないとおかしいと言うほうがおかしい。恋愛しないことはおかしくない』

　アロマ、アセク？　生まれて初めて聞く言葉だった。私の疑問に答えるかのように、ブログには「アロマアセク（アロマンティック・アセクシュアル）とは」という別の記事へのリンクが貼られていた。

『アセクシュアルは性的指向のひとつで、他者に性的に惹かれない人のことをいいます』

『アロマンティックとは恋愛的指向のひとつで、他者に恋愛感情を抱かない人のことをいいます』

『恋愛と性的なものは別物と考え、どちらの面でも他者に惹かれない場合はアロマンティックでありアセクシュアルでもあります。そのような人を「アロマンティック・アセクシュアル」、略して「アロマアセク」と呼ぶ人もいます。定義や表記、当事者にも多様性があります』

夢中になってブログを読み進めながら、私は震えていた。ブランコに座り続けて、身体が冷えたからじゃない。アロマンティック・アセクシュアルという言葉と出会えたからだ。

だって、これはまさしく、私のことを表すものだったから。スマホの充電が切れかけていることに気づき、私は駆け足で家に帰った。

その日から私はアロマンティック・アセクシュアルの記事を読み漁《あさ》った。家にいる時も仕事の休憩中も、何度も何度も検索しては、隅から隅まで余すことなく読んでいく。中でもお気に入りは、最初に私をアロマアセクという言葉へ導いてくれた羽色キャベツさんのブログだ。何年か前の記事まで遡り、彼の日常を覗いていった。

『「その歳で結婚していないとどこかに問題があると思われるよ」と言われる。その思考回路が一番問題あり。昨日作ったロールキャベツが絶品だったのでよしとする』

『「待ってるだけじゃ出会いはないよ」。待ってるのではなく、むしろ避けてる』

『職場でお見合い写真を渡された。断ったら「もったいない、選り好《えごの》みできる立場ではないだろ」と言われた。その発言で人のこと見下してるって一発で分かる。恋愛してないだけで、なぜこれだけ舐《な》められるのか』

羽色キャベツさんのブログを読みながら「分かる分かる」とか「これはつらい」とか「そうか、私も舐められてたのか」とか、何度も頷いてしまう。読めば読むほど、綴《つづ》られている言葉が胸に沁《し》みる。沁みた言葉が、私を過去の嫌な出来事から少しだけ救ってくれるのだ。中でも今の私に一番沁みたのは、この言葉だ。

『「一人が好きなんですね」と言われる。僕はそうじゃないから困ってる』

そうなのだ。一人が好きなわけじゃないのだ。

ただ、誰かに恋愛感情を抱かないだけ。近くにいる人たちは誰も理解してくれなかったのに、顔も本名も知らない遠い他人が、こんなに私に寄り添ってくれるなんて、なんだか妙な感じがした。


羽色キャベツさんのブログを読むのが日常の楽しみになったある日、私は仕事で久しぶりにスーパーまるまる山中店を訪ねた。営業中のお客さんの様子を見るためだ。新企画に向けて参考になるかもしれないと、田端さんの提案でやってきたのだが、肝心の田端さんはやってこない。前の打ち合わせが長引いているらしい。

仕方なく、従業員出入口の前で時間を潰すことにした。私には羽色キャベツさんのブログがある。

「すみません、ちょっといいですか」

ブログを読むことに没頭していたら、休憩を終えた店員さんに声をかけられた。私が出入口を塞いでしまい、中に入れなかったらしい。

「あ、ごめんなさい」

スマホから顔をあげて店員さんを見やると、見覚えのある綺麗な瞳があった。

「高橋さん、こんにちは」

高橋さんは一瞬驚き、すぐに私のことを思い出したようだった。

「兒玉……サクコさん、でしたっけ？　お疲れ様です」

「お疲れ様です」

会釈すると彼の胸元に目がいった。白いシャツに茶色いシミが派手についている。

「カレーうどんです」

私の目線に気づいたのか、彼が丁寧にシミの理由を口にした。真面目な口調とシミのアンバランスさがおかしくて、思わず笑ってしまった。

「攻めましたね、白いシャツの日に」

高橋さんも少し恥ずかしそうに笑みを浮かべている。以前会った時より、表情が柔らかい気がする。笑うと、頬に縦筋のようなエクボができることに、この時初めて気づいた。

「はい、攻め過ぎました。今日はどうされたんですか」

「ちょっと売り場の様子を見に……上司の到着を待ってて」

「あぁ、あの短絡的な上司さん」

「え」

優しい顔をしながら、随分きつい言葉を使う人だ。短絡的なんて言葉、私は日常生活で使ったことがない。

「男女が仲良いとすぐ恋愛感情と決めつける」

その意見に完全に同意だったが、田端さんのことが嫌いなわけではないので「悪い人じゃないんですけど」とフォローした。

「けど、しんどそうでしたよね、咲子さん」

ドキリとした。

いつも笑って誤魔化《ごまか》していることが私には沢山ある。あの日もしんどさや苦しさを隠したつもりだった。それを高橋さんに一発で見抜かれていたのだ。それって、シャツのシミなんかより何倍も恥ずかしいことだ。

高橋さんは私の反応を見て、また何かを察した様子だ。

「すみません、出過ぎたことを言いました。では」

会釈をして店内へと入っていった。

高橋さんを見送っていると、スマホから通知音が聞こえてきた。画面を確認して、思わず顔がほころぶ。それは羽色キャベツさんのブログ更新を知らせるものだった。さっそくブログにアクセスする。

「……ん？」

ブログに並ぶ言葉を見て、私は体温が上がるのを感じた。

『いい人いないのか攻撃を避けて急遽《きゅうきょ》カレーうどん屋に。シミができた』

ブログにはシミの写真も載っている。それはついさっき見た茶色いシミにしか思えなかった。

私は慌てて従業員出入口の扉を開け、高橋さんを追った。

「高橋さん！」

「え、なんですか？」

驚いて目を丸くする高橋さんの胸元とブログの写真を再度照らし合わせる。やっぱり完全に一致している。

「え、嘘《うそ》……羽色キャベツさん？」

高橋さんは羽色キャベツの名前を聞いた途端、今までにないくらい、表情が崩れた。言葉にならない息を漏らして、明らかに動揺している。

「やっぱり羽色キャベツさんなんですね！」

問いかける私を無視して売り場に向かおうとする高橋さんを、慌てて追いかける。

「あの、色々聞きたいことがあって、あの、あの私、もしかすると、その、私もアロマン――」

「あ！」

私の言葉を遮って、彼は自身の唇に人差し指を当てた。彼の額にはうっすら汗が滲《にじ》んでいる。

「あまり大声でそういったことを話さないほうが」

「やっぱり羽色キャベツさんなんですね！」

アロマンティック・アセクシュアルの人と、こんな身近で出会えるなんて。ここ最近で一番嬉しい出来事だった。この喜びをどうしても高橋さんに伝えたくて、私は話し続けた。

「あの、私嬉しくて、羽色キャベツさんのブログに書いてあること、共感することばっかりで！　だからできたら色々お話を！」

高橋さんは、再び人差し指を当てる。「黙って」という無言の圧を感じて、私は口を噤《つぐ》んだ。静かになった私を前に、彼は少しの間黙っていた。だが、何か覚悟を決めたように、そっと息を吐き出すと、周囲に誰もいないことを確認してから言った。

「……仕事、何時に終わります？」

待ち合わせた時間にスーパーまるまる山中店に戻ると、濃い藍色のオーバーサイズのコートを羽織った高橋さんが年季の入った自転車を押してやってきた。店で会った時より、ぐっと若く見える。

「行きましょうか」

高橋さんはどんどんと先に歩いていってしまう。どうやら私と一緒にいるところを職場の人に見られたくないらしい。その気持ちは分からなくもないので、彼から数歩離れながら、後をついていった。

私たちは縦に並んだまま商店街を進んでいく。

スーパーまるまるしか寄ることがなかったので気づかなかったが、沢山お店が並んで賑《にぎ》やかな街であるようだ。ちょっと歩いてみても、店構えだけで美味《おい》しいことが伝わってくるような料理屋さんが沢山ある。住みやすそうな所だなとぼんやり思っていると、彼の歩みが緩やかになった。私は高橋さんの隣に並んでみたが、彼も嫌がるそぶりを見せなかったので、そのまま話しかけた。

「あの、羽色キャベツって、何か由来ってあるんですか？」

「僕の名前、羽と書いて『さとる』なので」

「へぇ素敵な名前！　私たちちょっと変わった名前仲間でもあるんですね」

私は高橋さんから色々話が聞けると思い、浮かれていた。だが高橋さんはずっと真剣な顔でキョロキョロと周囲を見回していた。

「……どこで話しましょうか、駅近くの喫茶店か、ファミレスか……や、あそこは知り合いがいる可能性が」

どうやら話す場所を探していたらしい。

「私は全然どこでも！　なんならそこのベンチでも」

「僕が困るので」

高橋さんはきっぱりと私の提案を却下した後、何か思いついたらしくハッと顔をあげた。だが、自分の提案を口にするかどうか迷っているらしく、「んんんと」と何度も言い淀んでいる。

「あの、どうしました？」

「いや、あの、嫌なら言ってほしいんですけど、ここからすぐの所に僕の家が」

「行きましょう！」

私は食い気味に提案に乗った。高橋さんは私があっさり承諾したので呆気《あっけ》にとられたようだが、気を取り直して「では行きましょう」と歩きだした。

商店街から一本奥まった道を歩くこと七分。住宅街にある長い坂道を上り終えた場所に、高橋さんの家はあった。

瓦屋根の、二階建て。古きよき日本の民家だ。何十年もここに建っているのだろうが、庭も外壁も家に続く数段の石段も、よく手入れされていて不思議と古さは感じない。

石段を上っていた高橋さんが心配そうにこちらを振り返った。

「……やっぱりどこか別の場所で話しますか」

「あ、いえ！　素敵なおうちだなって！」

高橋さんを追って、慌てて石段を駆け上がる。彼は玄関の戸を開くと、スリッパを並べて「散らかってますが、どうぞ」と私を招き入れた。

散らかっていると言った家の中は、どこもかしこも掃除が行き届いていた。玄関の小窓に置かれた人形にも埃《ほこり》ひとつ溜《た》まっていない。リビングのソファもカーペットも棚に並ぶ小物も、色鮮やかなものが多かったが、ガチャガチャした印象はなく、品よくまとまっている。

部屋を眺めながら、野菜売り場の彩りと居心地のよさを思い出していた。

「うん、やっぱり素敵」

「ありがとうございます……今お茶、淹《い》れますね。どうぞ、座って待っていてください」

高橋さんは私をソファに促し、台所へ向かった。台所とダイニングテーブルの間には玉のれんがかかっており、彼が通ると小さく音を奏でた。

ソファに置かれたクッションも履いているスリッパも古さはあるが、むしろそれがお洒落だ。この家は可愛らしいもので溢れている。どこを切り取っても素敵だった。

浮かれていた気持ちが落ち着き、代わりにここ最近起きた出来事が蘇ってきて、鼻の奥がツンと痛んだ。

「……そうか、ここは高橋さんのお城なんだ」

独りごちたつもりだったが、高橋さんの耳にも届いてしまったようで、「はい？」と彼が玉のれんの間から顔を出した。

「……私の友だちに千鶴って子がいるんですけど」

急にどうしたと思ったに違いないが、高橋さんは穏やかに「はい」と相槌を打ってくれた。

「私あんまり友だちが長続きしないっていうか、コイバナとかできないからかな……学校卒業したりすると他の子とは段々疎遠になっていって、でも千鶴は別で……あ、ちょっと自分語りして大丈夫ですか？」

「どうぞ。聞いていますので」

そう言って、高橋さんは台所に戻った。高橋さんの顔が見えないことで逆に喋りやすくて、いつになくスムーズに言葉が紡がれていく。

「私の中に大事なものをしまう引き出しがあるなら、家族とかそういうものと同じ引き出しに入ってるような子で、その子と本当はルームシェアして一緒に住むはずだったんです」

「……だった？」

台所から声がした。

「はい。千鶴、元彼とまた付き合うことになって、それで一緒に住む話がなくなって。その時に早く運命の人に出会えるといいねとか言われて、それが結構きちゃって……で、ネットで色々調べてたら」

玉のれんが揺れて、高橋さんが顔を出した。紅茶のポットとカップを載せたお盆を持っている。

「それで、僕のブログに？」

私は頷いた。

「それで、自認したと」

「まだよく分かんないですけど、共感することばっかりで……私がモヤっとした時、言ってやりたかった言葉ばっかり書いてあって」

高橋さんはお盆をテーブルに載せるとソファに腰かける。

お盆には小さな砂時計も置いてあり、紅茶を蒸らす時間を計っているようだった。ここで話を切り上げようか迷ったが、私は今まで誰にも言えなかったことを口にしてみることにした。

「私それまで、ほんと馬鹿なんですけど、自分のこと駄目とかポンコツなのかなとか思ってて」

高橋さんは優しく首を振った。

「そんなこと絶対ないです」

高橋さんが力強く否定してくれて、また鼻の奥がツンとなった。静かな部屋の中心で、砂時計の砂がサラサラと落下していく。

「でも、ずっと言われてきたので……付き合ってみれば分かるよ、好きな人と出会えば分かるよ、大人になれば分かるよって。そう、みんなが言うけど、でも」

時々、私が言葉を詰まらせても、高橋さんは何も言わず待っていてくれた。

「結局……なんかうまくいかなくて……なんか欠けてるのかな、人としてって思ってて。だからその、アロマンティック・アセクシュアルという言葉に……いや高橋さんの言葉に凄《すご》く救われたんです。ありがとうございます」

やっと言いたかったところまで辿《たど》り着くことができた。私は高橋さんにお礼が言いたかったのだ。ペシャンコになったり木端微塵になったり、散々な思いをした私の心が、羽色キャベツさんのブログでなんとか元気を取り戻している、と。

「正直まだ覚悟は決まらないですけどね」

「覚悟？」

「だって恋愛しないってことは、多分一人で生きていかなきゃいけないってことじゃないですか。高橋さんも書かれてましたよね。一人が好きなわけじゃないって」

「ええ」

「親と一緒にいられればいいけど、でも彼らの期待に応えられないのも理解されないのもつらくて」

突然こんなこと言われても困るだろうに。高橋さんに申し訳なく思いつつも、心に溜まったものを全部吐き出してしまいたかった。笑顔だけは必死に取り繕い続けていても、高橋さんは私の心の内を全部見透かしているのかもしれない。

「家族とは居づらい。でも恋人は作るつもりはない……自分の居場所、自分のお城は自分で作るしかない……でも……」

涙がポロリとこぼれた。ずっと泣けずにいたけれど、このタイミングじゃなくたっていいじゃないか。私はすぐに頬を拭って、なるべく気丈なふりをする。

「私、一人は好きじゃなくて……これから先ずっと一人で生きていくかと思うと、たまらなく寂しいんですよね」

沈黙が怖くて、私はすぐ口を動かした。

「ごめんなさい、そんなのわがままですよね。仕方ないことなのに」

「そんなことないと思いますよ」

　高橋さんはティーポットを手に取り、カップに紅茶を注ぎ始める。砂時計の砂はいつの間にか落ち切っていた。お盆の上にはなぜかカップが三つ並んでいる。

「アロマだろうがアセクだろうが、一人が寂しい、誰かといたい……それはわがままなんかじゃないです」

「え、でも、じゃあどうすれば」

「分かりません」

　高橋さんはティーカップをひとつ持って席を立った。

「半年前、育ての親である祖母を亡くしました」

「え」

　高橋さんの向かう先には、小さな骨壺《こつつぼ》とお供え物がひっそり置かれている。手に持った紅茶は亡くなられたおばあ様に手向《たむ》けるものだったようだ。

「それこそ祖母との別れは、ずっと覚悟していたことですが……毎日寂しいですよ、凄く」

　家をゆっくりと眺めながら、高橋さんは自分の言葉を噛《か》みしめているようだった。

「朝、目を覚ました時、シンとしている部屋にも、祖母の香りが薄れていくこの家にも、まだ慣れないです」

　たしかに一人で住むにはこの家は広過ぎるかもしれない。

「そう、なんですね」

　気の利いたことが言いたかったのに、気の抜けたことしか口から出てこなかった。

「すみません。希望も救いもないことばかり言って」

「あ、いえ」

「どうしたらいいのか、僕もまだ分からない……でも、この感情をわがままだなんて思うつもりはないです」

　高橋さんは、おばあ様の骨壺から私のほうに向き直る。

「周りと違うからって我慢するつもりなんてこれっぽっちもないんです」

　微笑んではいたが、目は笑っていなかった。

　怒りのような、憂いのような、何かが複雑に混じり合ったような。高橋さんの瞳の奥で、そんな感情たちが静かに燃えていた。

「以上、僕の一人語りでした。なんの解決でもない、ただの宣言だけで申し訳ない」

「いえ、そんな」

「あまり思い詰めず、また遊びに来てください。話くらいなら聞きますので」

　静かに燃えていた何かが奥に身を潜めて、いつの間にか、いつもの高橋さんに戻っている。

「そうだ。いただいたお菓子がまだあったはず」

台所に戻ろうとする高橋さんの前に、気づくと私は立ちはだかっていた。

「どうかしましたか？」

ある考えが、頭に浮かんでいた。口にするのは憚《はばか》られたが、でもこの機を逃したら、もう二度と高橋さんに話すことはないだろう。

「……あの」

「はい」

「あの、高橋さん」

「だから、はい」

こうして出会えたことにはきっと何か理由があるはず。私は覚悟を決めた。

「……私と家族になりませんか？」

「え？」

「……私と……恋愛感情抜きで家族になりませんか？」

一世一代の大提案だった。

お互い恋愛感情を誰にも抱かなくて、お互い寂しくて、一人を恐れている。なら、一緒に暮らしてみるのも悪くないと思ったのだ。

どんな反応が返ってくるか。全く予想がつかなかった。

高橋さんは私の提案を聞いてから固まったまま動かない。瞬《まばた》きを忘れて、私をじっと見つめている。時計が刻む秒針の音だけがやけに鮮明に聞こえた。

高橋さんは何度か瞬きをした後、不自然なくらい口角をあげて、作り笑いのお手本みたいな顔をした。その顔のまま、やっと口を開き、言った。

「えっと……僕のこと、舐めてます？」

「え？」

めちゃくちゃ怖い笑顔から、彼の怒りがビシビシと伝わってきた。予想外過ぎる反応に、私はただただ、うろたえることしかできなかった。

高橋羽、擬態を試みる

想定以上に怒りが滲み出てしまった。

「舐めているのか」など、誰かに発したのは生まれて初めてで、内心驚いていた。たじろぐ咲子さんの目は泳いでいる。彼女を戸惑わせたいわけではない。だが一度溢れた言葉も怒りも元に戻すことはできず、僕は続けた。

「大体、今の流れで、なぜプロポーズまがいの発言が飛び出すんでしょうか」

「プロポーズ⁉　違います」

心外だと言わんばかりに彼女は眉を顰《ひそ》める。

「いや、ある意味違わないかも、ですが」

「どっちですか」

「お話してて思ったんです！　私たちなら恋愛とかなくても家族のような、そんな感じになれるかなって」

あまりにもまっすぐで純粋な眼差《まなざ》しに、身体から怒りが抜けていく。高まったものをため息に混ぜて吐き出し、ソファに腰を下ろした。

「咲子さんも、座ってください」

「あ、はい」

彼女が自分に何か期待してしまったのならば、きっちりと訂正しなければならない。

「たしかに僕も寂しいと言いましたが、別にあなたにそれを埋めてもらおうという意図では」

「分かってます！　私はただ高橋さんとなら一人での寂しさとか色々解消できるんじゃないかなって！」

「同じセクシュアリティの人間、アロマンティックやアセクシュアルが珍しいから言ってます？」

「珍しいとかじゃなくて、その……」

「じゃあ『ルームシェアができなくなったので住む場所を見つけたい』とか？」

立て続けに問うと、彼女は黙ってしまった。嫌な言い方をし過ぎてしまったかもしれない。

「……それも、正直あります。けどそれだけじゃないです！　私、高橋さんの言葉にガーンってなって」

「ガーンですか」

真剣な顔をして擬態語を使う人間を見るのは、生まれて初めてだ。

「はい！　あの私、周りに合わせなきゃと思ってると、なんていうんですかね、モヤモヤっとしてくるんです」

「モヤモヤ」

また飛び出した擬態語に、思わず繰り返してしまった。

「気持ちも周りの景色もなんとなくボヤァ〜っとしてくるっていうか。でも、それが、高橋さんのお陰でちょっと晴れていく感じがするっていうか」

熱っぽく語り続ける咲子さんの姿は、もはや眩《まぶ》しいくらいだった。

「こうして知り合えたことに、なんていうか奇跡的な何かを感じてるというか！」

「奇跡。僕が『戦争』と並んで嫌いな言葉のひとつです」

「え、あ、それはごめんなさい……でも私……」

僕が話の腰を折ったせいか、こちらの顔色を窺《うかが》っていて心が折れたのか、彼女は急に元気をなくして口を噤んだ。

「でも、なんですか？」

「いやいいんです。そりゃ駄目、ですよね、やっぱり……嫌な気持ちにさせてごめんなさい」

「大丈夫です、そんなにはさせてないです。で、『でも』なんですか？」

「あ、えっと、私、なんか勝手に盛り上がって、嬉しくて、勝手にこう、希望の光？そういうものがパァって差した気になっちゃったんです」

「ガーンの次はパァですか」

「だって初めてだったんです。モヤモヤ一切しない、そのままの自分でいられたの」

ガーンやパァに油断していたら、不意打ちを食らった。

「『そんな風にいられる人がいたんだ〜』ってなって、もう嬉しくて嬉しくて。あ、何回嬉しいって言うんだって感じですよね。ははは」

僕が笑いに応えなかったので、彼女はすぐに笑みをひっこめ、カップに手を伸ばした。

「淹れてもらったのに冷めちゃいましたね」

気まずそうに紅茶を飲む咲子さんの傍《そば》で、僕のほうが「モヤモヤ」と闘っていた。自分の存在が、誰かの光になることがあるとは思っていなかった。自分が綴ってきたブログの雑文が、誰かの希望の光になるだなんて。照れくさいが、胸に迫るものがあった。

だが、おばあちゃん以外の誰かと一緒に住むなんて考えられない。しかも、知り合って間もない人と一緒にだ。一方で、おばあちゃんから口酸っぱく言われてきた「困っている人には親切に」という教えが、ぐるぐると頭の中をまわっている。

どうするのが正解なのか、おばあちゃんに答えを求めるように、骨壺に目をやる。その時、視界に入ってきたものが、僕の背中を押した。まだ相当に迷いはあり、この選択が正しいか自信もない。

「まぁ、でもたしかにお互いメリットはあるかもしれません」

「メリット？」

「祖母が亡くなってから凄いんです。ご近所のお節介が」

彼女は、なんの話か見当がつかず、どう相槌を打つべきか困っているらしい。

「夕飯の差し入れと共に色々持ってこられるんです。姪っ子の写真や、結婚相談所のパンフレット」

視界に入ったもの——無下に捨てられず、行き場に困り棚に押し込まれているパンフレットやお見合い写真たちだ。断るのも、残念そうなご近所さんの顔を見るのも結構疲れるのだ。

「……咲子さんがいたら、それもなくなるかも」

「え？」

「あんなブログをずっと読んでくれるなんて、咲子さん、いい人なんだと思いますし、お困りのようですし、そんな顔されると僕も困りますし、僕も一人の暮らしに飽きていたのは確かなので……」

咲子さんにというより、自分に言い訳するように言葉を重ねていた。重ねる度に曇っていた彼女の表情は晴れて、夏の向日葵《ひまわり》のように背筋も伸びていく。

「え、え、それって、じゃあ」

まだ迷いはあるし、恋愛感情抜きの家族になれるかは分からない。彼女の言葉に同情のようなものを覚えたのもある。色々な感情を鑑みても、互いのメリットを考えればやってみる価値はあるのかもと思えたのである。

「……試しにここで暮らしてみます？」

「是非お試しお願いします！」

「ただし『どちらかが嫌になったらすぐ解消する』ということで」

「は、はい！」

「嫌になったら、我慢せず教えてください。僕は構わないので」

「はい！」

迷いから逃げ道を口にしてしまう僕とは違い、咲子さんのほうは迷いが一切ない。何を言っても、気持ちいい答えが返ってきた。

「ではそれで」

こうして僕らの共同生活はスタートすることになった。

元々咲子さんは家を出る準備をしていたので、同居開始日は初めて家に来た翌週に決まった。僕がしたことといえば、布団を干して部屋を掃除したくらいだ。もしかしたら土壇場で彼女が思いとどまるかもしれない。あまり深く考えないようにしていた。

引っ越し当日。予定より少し早く家のチャイムが鳴った。

その音が「ついに同居生活が始まるのだ」という現実味を与え、僕の身体にもうっすらと緊張がまとわりつき始める。しかし、玄関の戸の前には、こちらの比にならないほど緊張の鎧《よろい》を身にまとった咲子さんが立っていた。

「こんにちは」

強張った笑みで会釈する彼女は思ったより軽装で、持っているのはスーツケースひとつ。

「他の荷物は？」

「あ、今日の午後届くようにしてあります！」

「そうですか。では、どうぞ」

家の中へ入るよう促しても彼女は玄関に佇《たたず》んでいる。

「どうしました？」

「えっと改めまして」

咲子さんはスーツケースから手を離すと、深々と頭を下げた。

「本日よりお試し家族となります、兒玉咲子です。よろしくお願いいたします」

なぜ僕に頭を下げる必要があるのか。彼女なりの誠意の見せ方なのかもしれないが、くだらない悪《あ》しき習慣である。小言をグッと堪《こら》えて、彼女からスーツケースを受け取った。

「荷物、運んでも？」

「あ、はい」

廊下を歩きだすと、彼女も慌てて後をついてきた。頭を下げる彼女の姿を見て、また一気にこれからの生活が不安になってきた。僕らの共通項といえば、一応同じ会社に勤務していることと、アロマンティック・アセクシュアルであることだけ。しかも彼女は自認したばかり。後は全く未知数なのだ。どうして、こんな冒険をしてしまったのか。

今更押し寄せてきた後悔の念が思わず口に出る。

「正直うまくいくとは思えませんが」

「大丈夫です！　私、頑張るので！」

僕の心配や不安は一切伝わっていないらしい。彼女は小さくガッツポーズを見せて気合を表してくる。僕は「頑張る」という言葉も、あまり好きではない。

「この部屋、使ってください。祖母が使っていた部屋です」

この家にはリビングや風呂などの他に、部屋が三つある。一階の祖母の部屋と、二階の僕の部屋と、物置になっている空き部屋だ。

最初は空き部屋を使ってもらおうと思ったが、悩んだ末、一階の部屋を使ってもらうことにした。六畳のおばあちゃんの部屋は南向きの窓もあるし、ベッドやタンスもそのまま残っているし、僕自身、隣室に誰かが寝ているという状態は落ち着かない。

「おばあ様、お洒落だったんですね」

お洒落かは分からないが、自分の好みに正直なのだ。

「部屋の中のものは、好きに動かしてください。僕の部屋は二階ですので何かあれば」

「あ、はい！　ありがとうございます！」

お礼を背中に受けながら、僕は彼女を残して自室に戻った。一人になれたと思うと、どっと疲れが押し寄せてきた。そんな自分に「同居したいのか、したくないのか、どっちなんだ」と苦笑いがこぼれる。今日の予定は読書ではなく、一旦昼寝に変更するとしよう。


咲子さんとの同居を始めて、六日目。思ったよりも、僕らはうまく生活を続けている。共同生活といっても、一日中顔を突き合わせているわけではない。平日は基本的には朝と夜、一緒に食事をとるだけだ。お互いに仕事もあるので、食事が別の時もある。僕は夜更かしが得意ではないので、一日一緒にいる時間は三時間にも満たない。自分の生活リズムが崩されることもなく、変化といえば作る食事が二人分になり、ゴミの量が増えたくらいかもしれない。

咲子さんと暮らしてみて、印象と違う部分にいくつか気がついた。

四六時中喋るタイプかと想像していたが、割とスマホをずっといじっている。僕が彼女に話しかけないことにも原因はあるかもしれないが、何を話せばいいのか分からないのだから仕方ない。

一生懸命家事をしてくれようとするのだが、色々と雑だ。共同生活二日目、彼女は早起きをして僕の分の洗濯と庭掃除をしてくれたのだけれど、シャツにはしわが寄り、洗濯物は片方に重さが集中して、不格好に傾いていた。僕がこっそりと干し方を直していると、落ち葉を箒《ほうき》で集めていた彼女は得意げに鼻を膨らませた。

「全部洗っておきました。これ終わったらご飯にします」

礼を述べて済ませるべきか。いや、細かな生活のズレの修正は最初が肝心である。

「庭掃除は火曜か金曜日の朝、燃えるゴミの日にするほうが効率的でよいかと」

「え」

「あと洗濯物はお互い触られたくない物もあるでしょうし各自にしましょうか」

「あ、ご、ごめんなさい。余計なことして」

「謝ることではありませんよ。身支度なさってきてください。ご飯作ります」

食事は原則僕が作ることになった。僕が作った料理をオーバーなほど褒めて、よく食べてくれるのは彼女の長所だろう。

朝、手打ちうどんを作ろうと生地を踏んでいると、心底驚いている。

「え、それ、もしかしてうどんですか!?」

「はい、うどんです」

「あ、じゃあ、昨日の朝のキャベツが入ったうどんも？」

「そうです。今日はきのこうどんです」

「美味しそう～」

料理をするのは好きだが、一人だと品数が少なくなり、そして余りがちだ。

晩年、おばあちゃんは食が細くなっていたのでそれに比べて作り甲斐《がい》があるし、皿の上の料理が綺麗になくなるのを見るのは気分がいい。

彼女がいて気を遣わないわけではない。あくまでもお試し期間で、家族になれるかと言われればまだ答えは出ていないが、咲子さんとの生活にそれなりに順応し始めている。

だが、彼女はどうやら何やら思うところがあるらしい。事あるごとに生活費の話を切り出し、かなり大きな金額を僕に渡そうとしてくる。

「そういうのは、お試しが終わってから、おいおい」

「金銭が絡むと必ず揉《も》め事になる」が、おばあちゃんの口癖だった。それに引っ張られているわけではないが、具体的な話におよぶと、引くに引けなくなりそうで避けてもいた。

「でもお金のことは、きちんとしないと」

咲子さんが食い下がるので、ついむきになってしまう。

「今一番大事なのって、そこじゃなくないですか？　一緒にいて不快か快適か、一緒にいることに意味があるかとか、そういう感覚の確かめ合いというか」

「じゃあせめて家のことは私にもっとやらせてください。私頑張るので！」

「頑張るのと無理するのは違いますから」

　僕が放った一言に、彼女は反論することなく、しょんぼりとしたまま仕事に出かけていった。無理をしても、お互い変な気遣いが増えるだけだ。そう思ったのだが、言い方が悪かったようだ。帰宅後も落ち込んでいるようなら、もう一度話をするべきかもしれない。


　その夜、咲子さんは酷《ひど》く落ち込んで帰宅した。でも、その理由は今朝のやりとりではなく別の問題だった。夕食用にわかめときゅうりとカニカマの酢のものを作っていると、玉のれんが揺れる音がした。顔をあげると、咲子さんは深々とこちらに頭を下げている。

「ごめんなさい、高橋さん」

「どうしました？」

「母からさっき電話があって、実家に千鶴から蟹《かに》が届いたらしいんです。そこに一緒に住めなくなってごめんと書いてあったらしくて」

　やっと顔をあげた咲子さんは、テストで悪い点をとった小学生のようだった。

「私が千鶴と住んでないって知った母から質問攻めにあって、母が全然人の話聞いてくれなくて……高橋さんのこと、完全に彼氏と思い込んでるみたいで」

彼女が申し訳なく思っているのはそこらしい。

「あぁ。そんなことですか」

自分の普通が、全人類の普通だと疑わない人たちにとって、男女が同じ屋根の下で暮らしているとなれば、そう勘違いするだろう。でも彼女は口を尖らせている。

「うちの母って、自分が絶対正しいって思ってて『彼氏作って結婚して子供を作ってそれで一人前』とか言ってきて。とにかく困った感じで」

「じゃあ放っとけばいいんじゃないですか。何をするにも親に許可を得る必要なんてないです。嫌なら距離を置くとか、連絡も無視するとか。自分を殺さないで済む道を探るべきです」

「や、でも、心配かけたくないって気持ちもあるじゃないですか」

「ないですね、僕は。親がどうなろうと知ったこっちゃないです」

両親とは二十五年近く連絡を取っていないし、連絡先すら知らない。おばあちゃんも彼らと縁を切っていたので、彼女が亡くなったことも両親は知らない。そんな関係だ。

「あ、えっと」

親のことを深掘りされるのも面倒だったので、話を戻した。

「疑問なんですが、家庭を持って一人前、子供を持って一人前って何を根拠に言ってるんですかね」

「え？」

「子離れできないで子供を縛るのが家族？　人に自分の価値観押し付けるのが家族？　あほらしい！」

「あの、高橋さん……」

「ジェンダーバイアスも家族最高信者も全部ポイッです！　ポイッ！」

咲子さんはぽかんとしている。この手の話題はつい感情的になってしまうからいけない。

「取り乱してすみません」

頭を下げてから、大事な補足をした。

「あくまで僕の価値観ですので咲子さんはご自由に」

「あ、はい」

彼女は、さっきより表情を和らげて、冷蔵庫から麦茶を取り出した。

「でも焦りました。母が高橋さんと一緒に蟹食べに来いってしつこくって」

「別に食事するくらいならいいですよ」

麦茶を飲もうとする彼女の手が止まる。

「え、いいんですか？」

「幸運なことに明日は祝日で僕も休みです、それに僕蟹好きなので」

「蟹……え、ん？　えっと、それって」

「僕が咲子さんの恋人のふりをするということです」

「いや、でもやめといたほうが……絶対面倒なことになるし」

同居した時点でもうとっくに面倒なことになっています、とはさすがに言わなかった。

「先日お話しした通り、やっぱりこういうことだと思うんです。僕らが共に暮らすメリットって。僕も咲子さんのお陰でご近所のお節介がなくなりました。だからそのお礼と言ってはなんですが、必要なら、してもいいですよ、恋人に擬態」

自分で言っておいてなんだが、擬態という言葉がしっくりときた。自衛のために様子や姿や形を似せる。動物や昆虫たちもする術《すべ》なのだから、僕らがしていけないわけがない。

「や、本当にいいんですか？　恋人のふりなんて」

彼女の心はかなり揺れているようだった。

「はい。ご両親を安心させるためだと、結婚前提のお付き合いをしている体《てい》がいいんですかね。どうします？」

咲子さんは麦茶の入ったコップを何度か手の中で転がしてから、こくりと頷いた。

翌朝、雲ひとつない秋晴れで、布団を干して家の雑巾がけを済ませてから、僕らは咲子さんのご実家へと向かった。手に持った紙袋には、駅前の酒屋で買った手土産の日本酒が入っている。僕らの関係をすっかり勘違いしている酒屋のおばちゃんは、店の奥から小洒落た日本酒を出してきてくれて、消費税をおまけしてくれた。

なぜ、誰かと誰かが結ばれたというだけで、人は気前が良くなるのか。心底謎である。

彼女の実家へと向かう道中、僕らは並んで歩きながら、入念な打ち合わせを続けた。

「僕らの出会いは？」

「去年の会社の飲み会」

「お付き合いは？」

「半年前。千鶴とのルームシェアがなくなったことをきっかけに高橋さんから結婚を前提に同棲しないかとお誘いを受けた」

「高橋さんではなく、羽さんで」

「あ、はい。後はカップルって何すればいいんだろ。あ、手を握るとか腕に手回すとか？」

咲子さんの提案に、ぞわりと身体中が粟立《あわだ》つ。

「咲子さん、人から触れられることに抵抗は？」

「手くらいは。あ、でもベタベタジット〜ッと触られるのは、ちょっと」

想像通り、彼女にはそれほど他者との肌接触に抵抗がないらしい。

「高橋さんは不快ですか？」

「不快というより、苦痛ですかね」

「苦痛」

「以前職場でパートさんが辞める際、抱きつかれたことがあります。パートさん、その時ハムスターが描いてあるトレーナー着てて。今でもハムスターを見ると……」

胃から酸っぱいものがこみあげ、えずきそうになるのを堪えて、ぐっと唾を飲み込む。

「すみません。思い出すとアレで」

「あぁ、ごめんなさい！　それはお気の毒に」

「ということでスキンシップはなしで」

僕が体験談を話し終え、咲子さんが「分かりました」と僕からまた半歩分、身体を離したその直後。

「あれ、お姉ちゃん？」

振り返ると、背後から一組の男女が腕を組み、歩いてきた。

細身の女性のほうは身重らしく、恰幅《かっぷく》の良い男性に体重をかけるように身をゆだねている。二人は揃《そろ》いのマフラーをしており、きっと世間ではそれが親密度のバロメーターになっているのだろう。

「あれは？」

「妹のみのりと、夫の大輔さんです」

咲子さんに紹介されて、彼らに会釈した。

「ええぇ、その人が彼氏さん？　はじめまして〜。てか何、喧嘩？　そんな間空けて歩いちゃって」

先ほど咲子さんが気遣ってくれたのもあり、僕らの間には、人一人分の間が空いている。あえてスペースを空けて歩いているんですなんて、カップルに擬態している以上、言えるわけもない。

「ほら！　くっついてくっついて」

満面の笑みでそう指示してくるみのりさんを前に、僕らは完全に硬直した。

「ほら！　手ぇ繋いで」

眉を八の字にして、オロオロとする咲子さんの姿に、僕は覚悟を決めて、静かに頷いた。

「高橋さん？」

「擬態、擬態のためです」

自分に言い聞かせていると、そっと彼女が僕に手を伸ばしてきた。これをちょっと握るだけだ。メリットデメリットだのと得意げに語った手前、ここできちんと彼女の役に立ってあげたかった。だが、彼女の手に僕の指先が触れそうになった時、また口の中に酸っぱい味が広がり、猛烈な拒絶感が襲ってきた。これ以上は、できない。僕は即座に手を引っ込めた。

「ごめんなさい、やっぱり無理でした」

「いや、全然。なんかごめんなさい」

「今、ごめんなさいって言ったでしょ。やっぱり喧嘩か〜」

咲子さんは微笑み、会話を受け流そうとしたが、みのりさんはそれを許さない。

「ほら仲直りしちゃいなよ、ギューでもチューでもしてさ!」

なぜ相手がカップルだと思うと、仲直りにスキンシップを多用したがるのか。当然ギューもチューも無理である。相手が誰であれ、想像すらしたくない。

「妹の前でそんなベタベタしないって」

助け舟を出してくれたのは大輔さんだった。僕らの引きつった顔を見て、照れていると勘違いしているらしい。

「え、そういうもん?」

「そうだよ。まぁ話はゆっくり。お義母《かあ》さんたちも聞きたいだろうし」

みのりさんはやっと納得したようで、「最近お腹を蹴られて夜中目が覚める」など自分のことを話し始めた。なんとかこの場はやり過ごしたが、最後まで擬態し通すことができるのか。咲子さんと目が合う。僕らはやり遂げる意志を確認するように頷き合い、歩みを進めた。

家に着くなり咲子さんはお母さんに台所へ連れ込まれ、僕はみのりさん夫婦とお父さんと向き合う形でソファに腰を下ろした。ダイニングテーブルには、既に鍋のセットと立派な蟹が並べられている。目線をずらす度に飛び込んでくる、壁に飾られた家族写真や、柱に刻まれた咲子さんたちの身長を記録した線。優しそうなご両親。テレビの中でしか見たことがなかった風景が広がっている。

「お義姉《ねえ》さんに彼氏さんがいたなんて全然気づかなかった！　隠すの上手ですね」

「そう、かな？　あはは」

台所から戻ってきた咲子さんが、お膳立てをしながらぎこちなく笑顔を作る。

「あの、僕も何かお手伝いを」

「羽さんはゆっくり休んでて」

台所に立つお母さんが、お土産に持参した日本酒を掲げてやってきた。

「こんな上等なお酒いただいたんだし」

「いえ、でも」

「必要な時は、みのり呼ぶから」

「え～、妊婦コキ使う気？」

「男の人は台所うろうろしないほうがいいの」

「お義母さん、そんなこと今学校で言ったら一発アウト。職員会議ものですよ」

大輔さんがみのりさんをフォローする。会話の緩和剤となるのが、ここでの彼の役割らしい。しかし、当のお母さんは全く意に介していない。

「でも、世間一般的にはそういうものなの」

場の空気を変えようと、咲子さんはみのりさんに話を振った。

「ねぇ、今日摩耶は？」

「預けてきた。あっちのじいじとばあばに」

「なんで？」

「だって色々話聞きたいし」

「はぁ？」

目を丸くしたり、眉を顰めたり、頬を緩めたり。せわしなく表情を変える姉妹である。

「ねぇ！　ほらお父さん、なんか質問ないの？」

「そんなの別にない」

「じゃあ、俺いいですか？」

そっけないお父さんに代わり、大輔さんが授業参観中の子供のように手をあげる。そういえば大輔さん含めて兒玉家は教員一家なのだと、咲子さんが言っていた。

「どうぞ」と促すと、大輔さんは嬉しそうに身を乗り出した。

「じゃあ質問！　お義兄《にい》さんは何型何年生《なにどし》まれですかっ？」

「何その質問。てかお義兄さんって」

みのりさんと同意見だが、擬態をこなすためにきちんと答えなければ。

「O型、戌《いぬ》です」

「へぇ～」

みのりさんと大輔さんの声が重なる。二人のニヤけ顔はまるで鏡で映したかのようだ。

「一回り違うんだぁ」

「なんかエロ～」

「みのり！」

僕をネタに盛り上がる娘の姿を見かねて、黙っていたお父さんが声を荒らげた。その声に咲子さんも心配そうに近づいてくる。

「あの、大丈夫ですか？」

「はい、賑やかでいいですね」

悪ノリをしてまた手をあげた大輔さんは、今度は僕の返事を待たずに喋りだした。

「結婚はいつ頃とか決めてるんですか？」

「ちょっと！　羽さん困ってるから！」

「じゃあ、お姉ちゃんのお遊戯会のビデオ見る？」

咲子さんの反応を面白がってか、今度はみのりさんが悪ノリする。いたずら好きの小学生が乗り移ったかのようにはしゃぐ姿は、正に似たもの夫婦という感じだ。咲子さんは本気で怒っているらしく、首筋が赤くなっている。

「見ない！　もう、お願いだから迷惑かけないで！」

「じゃあ本題！　二人の馴《な》れ初《そ》めは？」

「ええっと、それは飲み会で」

咲子さんが練習通りに擬態馴れ初めを語りだした時だった。

「やだ、ポン酢切らしてた」

お母さんが戸棚をさぐりながら、言葉を遮った。馴れ初め披露を邪魔されて、調子が狂った僕たちだったが、これは離席チャンスかもしれない。

「買ってきますよ」

立ち上がり、部屋を出ようとした。だが慌てた様子で台所から出てきたお母さんに引き留められ、すぐさまソファに逆戻りとなった。

「だからくつろいでて！　咲子、行こ」

「え、私？」

「ほら早く」

お母さんは咲子さんの手を引き、ばたばたと出ていった。

みのりさんはダイニングテーブルに並んでいた鍋用のちくわをつまみ、口に放り投げた。

「ごめんね、うちではお母さんが一番偉いからさ」

「そうなんですね」

「うん。お母さんの言うことは絶対！　ね、お父さん」

「まぁな」

思わぬ沈黙が落ちる。

数時間前までお互い顔も名前も知らなかったのだ。しかも相手は娘の恋人。お父さんの口が重くなるのは仕方ないことだ。

「やっぱりお遊戯会のビデオ見てもいいですか」

「うん！　もちろん、待ってね。準備するから」

僕の提案に、「これで時間を稼げる」と思ったであろうみのりさんが立ち上がり、棚に並んだビデオカセットを吟味し始めた。

「お父さん、これにしようか」

みのりさんが選んだのは『咲子お遊戯会シンデレラ』と書かれたテープだった。

再生された映像は、色が褪《あ》せて時折ノイズが混じるものの、子供の拙い演技と共に親たちの笑い声が伝わってきた。

「このネズミがお義姉さんだよね」

何度もビデオを見せられているのか、大輔さんが太い指で画面を指す。ネズミの耳をつけて踊る少女には、たしかに咲子さんの面影があった。

「そうそう、お姉ちゃんシンデレラがやりたかったって泣いたんでしょ」

「あぁ」

「でも一番可愛いネズミになるって、めちゃくちゃ踊り頑張ったんだよね」

「あぁ」

お父さんは、他の子とは一線を画してやたらとキレの良いダンスを踊る幼い咲子さんに、顔をほころばせている。心なしか目尻が潤んでいるように見えた。みのりさんはこの映像を見飽きているのか、スマホをいじりながら僕に訊ねてきた。

「あ、そういえばさ、お姉ちゃんはもう羽さんのご両親と会ってるの？」

「いいえ」

「じゃあこれから？　それとも結婚が決まってから？」

「この先、何が起きても、会わせないですね。というより会わせられないというか」

みのりさんはスマホを操作する指を止めた。

「えっ、それって」

お父さんも大輔さんもネズミのダンスではなく、僕を見つめている。適当に誤魔化せばよかったと後悔したがもう遅い。

「もしかして、ご両親はお亡くなりに？」

大輔さんの勘違いに乗っかろうかとも思ったが、ここで嘘をつくのもややこしい。

「どこかでまだ生きているんじゃないですかね」

「ないですかねって」

「分からないんです。縁は切っていますし」

空気が凍りつくのが、手に取るように分かった。

タイミングが良いのか悪いのか、そこへ咲子さんたちが帰ってきた。

「ただいま、ご飯にしよう」

どうやら概《おおむ》ね今の話が聞こえていたようで、彼女は必死に場の空気を変えようとしてくれている。だが、お母さんはそれを許さなかった。

「あの、それってどういうこと？」

「幼い頃、両親に僕は捨てられたので。僕も捨て返した。それだけです」

咲子さんの家族から深刻そうな目を向けられて、僕は戸惑い、少し腹が立っていた。そなぜ、そんなに大袈裟《おおげさ》な反応をされるのか。家族が必ずしも仲が良いとは限らない。んな当たり前のことが理解できないのだろうか。心配そうに僕を見つめる咲子さんはどうしていいのか分からないようで、僕と家族の間で立ち尽くしている。

「あの、それは、大変ご苦労を……」

やっと言葉を発したお母さんの目には、憐《あわ》れみが滲んでいる。

「ご心配なく。苦労はないです。僕は祖母の愛情を一身に受けて育ちましたので」

そう伝えても、兒玉一家の瞳の中に滲んでいるものはなくならなかった。

「はい、話は終わり。ご飯にしよう」

強制的に場の空気を変えようと、咲子さんはテーブルの蟹の皿を手に取った。

「ほら蟹、蟹！」

彼女は蟹のハサミを手に取りおどける。

「うちの蟹鍋の締めはラーメンですよ」

「ラーメンですか」

「はい、蟹のお出汁《だし》のラーメンです」

「いいですね、楽しみです」

これ以上両親の話を続けるのは、勘弁だ。さっさと蟹鍋を食べて、家に帰ろう。咲子さんのお陰で、凍り付いていた空気が、少しずつ溶けていく。

「あ〜〜えっと、じゃあ、あれだ！」

みのりさんはとてもいいことを思いついたと言わんばかりに手を叩いた。

「羽さん、お姉ちゃんとこれから普通に幸せになればいいんだ！」

「うん、それがいい！」

大輔さんは何度も激しく頷いている。

「二人で普通の家庭を作ってさ！　そうやって幸せになる運命だったんですよ！」

「……ですね」

今、きちんと笑えているだろうか。

場を収めるために、僕のことを気遣って放たれた言葉であることだって理解している。家族の仲が良いことにケチをつけるつもりはない。ただ、どうしてこの手の人たちは、自分たちの家族観が正しくて、それ以外は不幸と決めつけているのだろうか。「普通」という言葉の暴力性に気づいているのだろうか。

分かってもらえるわけもない静かな怒りを抑え込み、僕はぐっと口角をあげ直した。

「ラーメンのためにお腹空けとかないとですね」

これで全部元通り。と、思っていたのに、咲子さんの顔を見て驚いた。咲子さんは首筋どころか、顔全体を熟れ過ぎたトマトのように赤くして微《かす》かに震えていた。

「……普通の家庭って何？」

必死に抑え込んでいるが、全身が怒りに満ちていた。

「ねぇ、普通に幸せになるって何!?」

「お義姉さん、落ち着いて」

「え、どうした急に」

大輔さんとみのりさんはなぜ彼女が怒っているのか全く分かっていないようだ。

「なんでそんな失礼なことばっかり言えるの？　高橋さんごめんなさい。せっかく恋人のふりまでしてもらったのに」

「ふりって？　どういうこと？」

お母さんはただ事ではない娘の様子に、とりあえず寄り添おうとしている。

「あのね、私ね……最近分かったんだけど、多分アロマンティックでアセクシュアルなの」

彼女にとって一世一代の告白も、残念ながら誰にも伝わっている様子はない。ここにいる全員、アロマンティックもアセクシュアルも初めて聞いたのだろう。

「え、何？　アロマ？」

「あ、良い匂いするやつだ」

みのりさん夫婦の、どこか呑気《のんき》な会話は咲子さんの耳には届いていないようだ。彼女は着ているセーターの裾をぎゅっと握りしめ、続けた。

「私、昔から全然分からないの！　恋愛とかキスとかセックスとか！」

「セッ!?　あなた、何言ってるの！」

はしたないと怒るお母さんを、咲子さんはどこか冷ややかに見やる。

「え、なんで子供早く作れとかは言うのに、セックスって言ったら怒るの？」

答えに困り、お母さんは口ごもっている。誰も話についていけていないようで、みのりさんは頭を抱えている。

「待って待って。意味分かんない」

「だから言ってるでしょ。私たち別に付き合ってもないし恋愛感情とか一切ないの」

「咲子さん、一度に理解してもらうのは無理な話かと」

「あ、あれ？　ＬＧＢＴ的な……授業で生徒に教えてますけど……お義姉さんあれですか？」

「あれって何？　もしあれだったら何か悪いの？」

「あ、いや」

咲子さんに凄まれ、大輔さんは萎縮した。僕の両親の話になった時、空気が最悪になったと思ったが、あっという間に最悪が更新されたようだ。

「私やっぱり無理！　家族に嘘ついて、高橋さんにも擬態とか、嘘つかせるなんて！　大事な人たちの前でモヤモヤするのはもうヤダ！」

彼女の悲痛な叫びが、家族の思い出が詰まったリビングに広がり、消えていく。その後は、肩を上下させる咲子さんの荒い呼吸音だけが空しく聞こえてきた。

「ねぇ、なんでみんな黙ってるの？」

彼女の想《おも》いを受け止められる人は残念ながらここにはいなかった。

「や、急にそんなこと……反応困るでしょ？　ねぇ」

みのりさんはお父さんに同意を求めるが、彼は瞬きするのも忘れて固まっている。

「ほら、お父さんフリーズしちゃってるよ」

「……あの高橋さん」

僕の名前を呼んだのは、お母さんだった。先ほどまでの頼もしさはなく、一気に老け込んでしまった気がする。

「あなたもこの子と同じア、ア」

「はい、アロマンティック・アセクシュアルです」

「その場合、試しに一度お付き合いするのは無理なの？」

「え、お母さん今の私の話、聞いてた？」

「だって一緒に住もうとは思えたんでしょ？　ならいつか恋が芽生えるかもしれないじゃない」

「だから私たちはそういうのは――」

「だって恋愛感情のない男女が、家族になる理由がある!?」

声を荒らげて、目を剝《む》いて僕らを睨みつけるお母さんの姿に、咲子さんは一気に青ざめた。

「ないでしょ？　理由なんて。咲子も分かってるのよね？」

咲子さんの目にじんわりと涙が溜まっていった。家族写真に共に写っている、自分を抱き寄せ愛している母親から拒絶されたのだ。きっとお母さんは受け止めてくれる。そう思っていたのかもしれない。だが家族へのカミングアウトはそう甘いものではないのだ。お母さんは拒絶の言葉を吐き出し続けている。

「どう考えても無理！　お母さん、全然納得できない！」

「なぜ僕らが、僕らを祝福、いえ、『そっとしといてくれない人たち』を納得させなきゃいけないんですか」

ずっと抑え込んでいた怒りが、滴ってしまった。

「ごめんなさい。きつい言い方をして……でも、なんでこういう時って『こういう人もいる』『こういうこともある』で終われないのかなって」

こんなことを言っても無駄なことは分かっていた。でも言わずにはいられなかった。

「とにかく理由は分からずとも、ご心配なく。幸せな家族とやらを作っていきますので」

「何、その言い方は！　大体あなたね――」

「もう何も言うな！」

ずっと黙っていたお父さんがピシャリと言い放った。

「無理に恋だの結婚だのしなくていい」

咲子さんを見つめるお父さんの目は、ホームビデオに向けたものと同じだった。

「お前が何者でも、俺の娘には変わりない……とにかく、うちに帰ってこい」

咲子さんは寂しそうに目を逸《そ》らした。お父さんの愛情はひしひしと伝わってくる。でも、それは咲子さんが求める答えではなかった。そのまま彼女は家族に背を向けた。

「帰りましょう、高橋さん」

玄関に向かっていく咲子さんを追って、僕はご家族に一度だけ会釈をして玄関へと向かう。去っていく途中、沈黙に耐えられないとばかりの大輔さんの「とりあえず蟹食べます？」という声が空しく聞こえてきた。


家に帰ってもまだ日が高かったので、取り込んだ布団はほかほかと温《ぬく》かった。布団を抱えて部屋に戻りコートを脱いでいると、ドアをノックされた。振り返ると、咲子さんが立っている。開いたままだったドアをわざわざノックしてくれたようだ。

「どうかしました？」

「あの……さっきはすみませんでした」

「咲子さんが謝ることじゃないですよ」

微笑んでみたが咲子さんは浮かない顔のままだ。

「家族にあんな怒るつもりなかったのに」

「自分がどうありたいかを曲げてまで、誰かに寄り添う必要、ないと思いますよ。たとえ親きょうだいでも」

咲子さんは項垂《うなだ》れて、ドアにコツンと頭をぶつけてもたれた。

「ポン酢を買いに行った時、言われたんです、お母さんに。良さそうな人じゃないって」

僕は黙って彼女の話を聞いた。

「ずっと心配してたみたいで、私に恋人がいないこと。お母さん、こうも言ってました。『まぁ心配し過ぎだったか。恋しない人なんていないわけだし』『咲子がいい奥さんになるかは分からないけど、楽しい奥さんには絶対なる！　お母さん、それは保証するから』って」

「それが言いたくて、咲子さんを連れ出したんですね」

「何も言い返せませんでした。その時も、家族になる理由がないって言われた時も」

「え？」

「高橋さんはメリットがあるって言ってくれたけど、でも今のところ、基本私のワガママっていうか、高橋さんが唯一モヤモヤしない人だからってだけで、家族になろうって誘っちゃったわけで」

喋りながら、どんどん彼女の顔色は悪くなり、落ち込みに押し潰されそうになっている。

「私ずっと空回りしてましたよね……無理に家事をやろうとしたり、うるさいって思われたくなくて寡黙な女を演じたり」

寡黙とは思っていなかったが、彼女がおとなしかったのにはそんな理由があったのか。

「頑張るのと無理するのは違うって言ってもらってたのに。でも高橋さんにも私と一緒に住んで最高、このまま家族になれたら最高って思ってほしくて。ごめんなさい」

そんなことを思っていただなんて。全く気づかなかった。

残念ながら、僕は今、咲子さんとの生活が最高とは思えていない。日々悩みながらの生活だ。今日も久しぶりに大人に怒鳴られてどっと疲れている。でも、やっぱり誰かが家にいるのは良いものだとも思っている。この一週間、少なくとも寂しいと思うことはなかった。そのことを伝えるべきだろうが、照れくさい。なので、ちょっと角度を変えて伝えることにした。

「死んだ祖母は、朝はご飯派でした」

「は？」

ドアにもたれかかるのをやめて、彼女は顔をあげた。

「でもずっとパンがいいなぁって思っていて。それで祖母が亡くなった後、朝はパンにしたんですが、しっくりこなくて色々試して辿り着いたのが……手打ちうどんです」

　咲子さんは意味が分からないという顔をしながらも、耳を傾けてくれている。

「うどんが好物なんです、僕。でも一人だと朝から手打ちする気にならなくて……でも咲子さんがいたら朝、うどんが食べられる」

「えっと」

「ですので、僕にも一緒に住むメリット、きちんとあります」

「いや、それって家族になる理由には……」

「ですか？　他人が踏んだうどんを食べられるならそれは家族だって、恋愛至上主義の人とか言いそうでは？」

「え、家族ってそんなのでいいんですか？」

「家族を美化し過ぎですよ。それに僕、元々『家族』って言葉、『奇跡』と同じくらい駄目なんです。ホントは」

「え!?　そうなんですか」

　正確には、家族という言葉から連想される幸せの形の押し付け、家族形成の押し付けが苦手なのだが、細かい説明は割愛した。

「でも僕らを表す適切な言葉って他にないですし。しいて言えば一番近いのは味方かなと思っています」

「……味方」

「咲子さんが怒ってくれた時、申し訳なさを感じつつ、なんとなく僕の思う家族っぽさを感じましたよ」

「そうなんですか」

「ええ、誰かに守られる感覚、忘れていました。あの咲子さん、ちょっとかっこよかったです」

「私が？」

「僕は祖母には『自分が何者か』を言えませんでしたから……まぁカミングアウトしないといけないわけではないのですが」

ずっと陰っていた咲子さんの顔に、光が戻っていた。頰を緩ませて、嬉しそうに声を弾ませている。

「あ、それでいうと私あれ嬉しかったです！　幸せな家族になるって言ってもらえて」

「あれは少しムキになっただけですが。では僕らのこと、もう一歩踏み込んで考えてみましょうか」

「それって、例えば家事分担のこととかですか？」

「まぁそういうことも入りますね。一個一個、暗黙の了解を潰していこうかなと」

彼女と家族になれるかはまだ分からない。でも、もう少しこの生活に、彼女に向き合ってみよう。そう思えた。擬態はもうこりごりだし、もう二度としないが、この経験のお陰で、ほんの少しは得るものがあったようだ。

「じゃあ早速。私たちのことを説明する時は『家族』じゃなくて『味方』って紹介しますか？」

「いや、言葉にするとこそばゆいので却下で」

「じゃあ高橋さんが家族って言う時、脳内では味方に変換しておきます」

「はい、それで」

「あと生活費のことなんですが」

「それを話すには互いの年収を提示し合わないと」

「ですね」

「下で話しましょうか。お茶を淹れます」

「私やります。昨日冷凍の今川焼買ったんです。それも温めますね」

咲子さんは足取り軽く、階段を駆け下りていった。

その日の話し合いは、夕飯の準備やら風呂やらで中断しながらも、ダラダラと夜遅くまで続いた。夜更かしは得意ではないが、不思議と嫌な気持ちにはならなかった。

翌朝、数年ぶりの夜更かしのせいか寝坊をした。寝坊といっても、ほんの二十分程度だったが、僕にとっては小さな事件だった。欠伸《あくび》を嚙み殺して一階に下りると、台所に咲子さんが立っていた。どこかに出かけていたようで、手に持ったエコバッグは膨らんでいる。


「高橋さん、おはようございます」

「おはようございます。ごめんなさい、寝坊してしまいました」

「昨日遅くまで話し過ぎましたかね。あ、これ」

彼女がエコバッグから取り出したのは、カップうどんだった。

「私が作るより絶対美味しいと思ったので……おばあ様にもミニサイズ買ってきました！」

台所に大きさの違うカップうどんがチョコンと並ぶ。得意げにカップうどんを並べる咲子さんの姿が妙におかしくて、声が漏れた。朝から声を出して笑うなんて、いつ以来だろうか。

「何がそんなにおかしいんですか」

「変なツボに入りました。では、いただきましょうか」

「じゃあお湯入れますね」

「あぁ、そうだ」

僕は用意しておいたものをポケットから取り出した。

「これ、お手すきの際にご記入お願いします」

「ご記入？」

咲子さんは、僕が印刷した用紙の項目を読み上げる。

「今まで恋人またはパートナーがいたことがありますか？　何人ですか？　性的な話はできますか？」

咲子さんは用紙から顔をあげることなく、書かれた文字を食い入るように読んでいる。

「あの、高橋さん、これは」

「アンケートです。お互い嫌な思いをしないために必要だと思いまして」

寝坊したのはこれを探していたからでもあった。

十年前、自分がアロマンティック・アセクシュアルだと自認した際、ネットで拾ったアンケートだった。その内容を多少整えて印刷したものだ。

「答えたくないものは答えずで結構です。ちなみにこれは僕が答えたものです。僕に気を遣って回答を合わせたりせず、ご自身のことを書いてください」

手渡したこのアンケート用紙が、思いもしない出来事を呼び起こすとは、僕も咲子さんも知る由もなかった。

咲子、自分語り再び

小学校の頃、クラス替えの度に流行《はや》ったことがある。

プロフィール帳の交換だ。バインダー式のノートに綴《と》じた用紙をクラスメイトと交換する。用紙には可愛いキャラクターのイラストと共に『好きな食べ物は？』や『きょうだいはいる？』という質問が書いてあって、全部埋めて相手に返せば互いの自己紹介が完了するというわけだ。

高橋さんから受け取ったアンケート用紙を見て、私はそのことを思い出していた。渡された時は正直面食らったが、彼なりの心の開き方なのかもしれない。

昨夜、私たちは生活費や家事の分担について腹を割って話し合った。互いの貯金額や好きなお味噌汁《みそしる》の具まで話は多方面に広がって、ほんの少しだが、高橋さんと「家族」に近づいてきている気がする。

職場の休憩室にやってきた私は、周りに誰もいないのを確認してから、手帳に挟んだアンケート用紙をこっそりと開いた。

『自分に恋愛感情があると思うか』『特定の人間と付き合いたいと思う（思った）ことがあるか』など、質問は十数項目にもわたる。自分について記入することが嫌なわけではない。ただ、こうして改めて問われると少し身構えてしまう。今日、何度かアンケートと向き合ってみたが、筆が進まないでいた。

「何これ」

私の背後からアンケート用紙を奪ったのはカズくんだった。

「ちょっと、やめてってば！」

「『性的な話はできますか』『性的な話は聞けますか』、は？　なんだよ、これ」

「いい加減にして！　人のもの勝手に見て、触って！」

「何これ、誰がこんなの書けって言ったの？　今付き合ってる男？」

「付き合ってないから」

「でも男に書けって言われたのは間違いないんだな。あれか。やっぱりルームシェアの相手って男だったわけ？　なぁ、この男、ヤバくない？」

「だから付き合ってないし。ていうか、カズくんには関係ないよね」

「はぁ？　関係あんだろ」

「は？」

「だって、俺の女だから、咲子」

「えっと……言ってる意味が分からないんだけど」

「だって俺らギリ付き合ってんじゃん」

思考が停止しそうになるのを必死に堪えた。これは絶対に流されちゃ駄目なやつだ。きちんと否定と確認をしなければいけない。

「や、えっ、私たちずっと前に別れたよね」

ほんの短い間だけだが、私たちはお付き合いをした。それは事実だ。

「ちっげぇだろ、活動休止なだけだろ！　俺、あん時言ったよな。俺ら活動休止しね？って」

その言葉で、彼の口から飛び出した言葉が頭の中で繋がった。

「あん時」とは、最後にカズくんのワンルームを訪れた時のこと。私たちの関係に段々と歪《ゆが》みのようなものが生まれてきた頃だ。部屋にやってきて早々、彼は私をシングルベッドに座らせると「活動休止」を切り出したのだった。

「ほら、なんか俺ら付き合う前のほうがうまくいってたっていうか、面白かったたっつうかさ。だから付き合うの休止して元に戻らね？」

「うん、いいと思う！」

二人の間の歪みの解決方法はこれかもしれないと、私は純粋に嬉しくなり、彼とお付き合いを始めてから沈んでいた気持ちが、一気に晴れていくのを感じた。

「私も同じようなこと思ってた！」

「あ、そう」

「うん。仕事頑張りたいっていうか、だからカズくんも同じこと思ってくれて凄く嬉しい！」

私が活動休止の経緯を思い出したことを表情から察したのか、カズくんは更にまくしたててくる。

「咲子、その後、ファミレスで飯食った時言ってたよな。『そもそも昔から恋愛ってよく分からなくて』って」

「うん！　そう。そうなの」

自身が何者なのか、今なら言葉にして説明できる。アロマンティック・アセクシュアルのこと、きちんと話してみよう。

「それでね、実は私――」

「活動休止したアイドルは、休止中も一応アイドルだろ。だから俺らも……それは分かるよな？」

「や、でも」

「でもじゃない。咲子は俺のギリ彼女だから」

「え、でもカズくん彼女いるって、この前課長が」

「だから？　何人か付き合ったりはしたけど今はいねぇし。それに、ほぼ別れてるようなもんだけど、俺、俺たち解散っつってねぇし！　咲子も言ってねぇし！」

駄目だ。何を言えばいいのか、どうすればこの場が丸く収まるのか分からない。

「とにかくこいつはヤバそうだから絶対駄目！」

カズくんは奪ったアンケート用紙を忌々しそうに指で弾いた。

こちらに考える隙も与えないで、最後の一言だけ声色を変えて圧をかけてくる。彼の態度に堪えていた怒りが一気にこみあげてきた。

「ねぇ、いいから返して！　早く！」

アンケート用紙を取り返そうとしていると、タイミング悪く田端さんが通りかかった。

「お～？　何イチャついてんだぁ」

「イチャつくってなんですか、意味分からないです」

思ったより語気が強くなってしまった。田端さんとカズくんが目を丸くしている。

悪気がないことは分かっていた。でも今日は、能天気な田端さんの声色に、カチンと来てしまったのだ。啞然《あぜん》としていたカズくんからアンケート用紙を奪い返して、逃げるように休憩室を後にする。

自席に戻り、苛立ちと不快さを収めようと、何度か深呼吸をしてみても心のざわめきは収まらない。

「あ……」

いつの間にかアンケート用紙を握りしめていた。くしゃくしゃになったアンケート用紙のしわを伸ばしながら、ふと気づいた。癖のようにいつもしていた愛想笑いを、ここ数日していないことに。


「苦手ですか、お皿洗うの」

夕食後、洗い物をする私に、高橋さんが訊ねてきた。

「苦手ならば、もう一度家事分担について話し合ってもいいかもしれません」

話しながら高橋さんは自分のシャツに丁寧にアイロンをかけている。家事だけではなく、彼は一挙手一投足全てが丁寧だ。その分、何をするにも時間がかかるようで、家にいる時の高橋さんは読書と食事以外、いつも何かしら動き回っている。

「や、お皿洗うのは割と好きです。食器の場所も分かってきたし」

「そうですか、ずっと眉間にしわが寄っていたので。大丈夫ならば大丈夫です」

短い会話が終わり、洗い終えた皿を拭きながら家事分担表を見る。家に帰ると冷蔵庫に貼られていたそれは、高橋さんのお手製だ。

家事分担表には『平日の昼食は各自。食費諸々《もろもろ》は三万ずつ出す。足りない際は月末折半。足りた場合は貯金』『水曜日、高橋早番の場合、ゴミ出しなど咲子が行う』など、昨夜話し合った決め事が細かく書かれている。いつ作ったのだろう。彼はゆっくり丁寧なのに、行動は早い。そして私の小さな変化に、すぐ気づいてしまう。

「高橋さん、あの、少し話していいですか?」

「どうぞ」

「……私、なんか今日おかしくて」

「おかしい?」

「すぐムッてなるというか、いつもなら職場で何言われても笑って流せるのにできなかったりで。私、自分で言うのもなんですが愛嬌《あいきよう》だけが取柄と言いますか。とにかく、こんなすぐムッとくる感じじゃないというか」

「嫌なことを言われて笑ってるほうが本来おかしいことだと思いますけどね」

高橋さんはアイロンの手を止めて、こちらを見つめている。

「ですかね……」

納得しきれていないことが、言葉に滲んでしまう。昔から嘘が下手だ。嘘がつけないから、否定も肯定もしない愛想笑いが、いつの間にか得意になったのだろう。

「人は変わっていくものですし、物事の捉え方に変化があるのは当然では?」

「ですかねぇ」

「特に咲子さんは今まで自分の中でぼんやりさせてた部分と向き合ってる最中なんですから」

「アロマンティック・アセクシュアルであるってことですか」

「それにまつわる色々です。ちなみに僕が自認した時、自分と向き合うために使ったのが、お渡ししたあれです」

「あれってアンケートのことですか」

「おすすめです。咲子さんは自分と向き合える。僕は咲子さんと家族になれるのか考える材料になる。一石二鳥です」

なるほどと同意しかけたが、どうにもひっかかるところがあった。

「あの、私たちまだ家族カッコ仮のままなのでしょうか」

高橋さんは首を傾《かし》げる。

「や、昨日幸せな家庭を作るって宣言してくれたり色々話したりしたし、もうほぼ家族なのかと」

「ほぼ家族と家族は違いますよ。ほぼ蟹と蟹は全く別物ですよね？」

「蟹のこと根に持ってます？」

「いえ全く。恋愛事に限らず、ふんわりしていることを決め付けられたりするのが苦手なだけです。ここに住むことが本当に咲子さんのためなのかもまだ分かりませんし。追々、また話していきましょう。お風呂いただきます」

「あ、はい」

「あとアンケートですが期限内に出せそうですか？　無理なら焦らずで」

「あ、はい大丈夫です！　すぐ書いて渡します！」

「焦らずで。書きたくない所は空欄のまま、無理せずでお願いします」

きっと高橋さんの嫌いな言葉に『無理強い』も入っているのだろう。

慌てて自室に戻って鞄の中のアンケート用紙を取り出した。期限なんて書いてあっただろうか。確認すると、最後に高橋さんの直筆で小さく『本日中にご提出お願いします』と書き記されていた。

「え、今日？」

部屋の時計は九時を過ぎている。慌てて質問と改めて向き合うことにした。

『他の人と触れ合うことに嫌悪感はありますか？』

触られることは特別嬉しくはないが、嫌悪とまではいかないので『いいえ』と書いた。

高橋さんの回答には『あり』と書かれている。

『今まで恋人・パートナーがいたことはありますか。それは何人ですか？』

高橋さんのアンケートには『一人（世間一般的なお付き合いに該当するのか、疑問あり）』と書かれていた。恋人がいたことがあったとは意外だ。

私は記憶を辿りながら、ゆっくり指を二本折り曲げる。おそらく世間一般的には二人になるはずだ。どんどん記入していきたいのに、なぜか筆が進まない。

思えば、小学校の頃もプロフィール帳を埋めるのにとても時間がかかっていた。『好きなタイプは？』『好きな子の名前は？』といった質問に悩んだ末に『分からない』と書いていた。幼い頃の記憶を辿りながら、手の中でボールペンをくるくると回していると、カズくんとの思い出がぼんやりと蘇ってきた。

カズくんと私が親しくなったのは、このボールペンがきっかけだった。

彼は中途採用でスーパーまるまるに入社し、私の部署にやってきた。前の職場でも企画営業を担当していたそうで、田端さんは即戦力になると喜んでいた。カズくんは持ち前の明るさで自己紹介をなんなくこなすと、一直線に私の席へと駆けてきた。

「ほら、これこれ！」

宝物を見せびらかすように、彼は自分のジャケットのポケットに差したボールペンを指さした。そのボールペンは私の持っているものと同じ、アイドルグループ「ハニートースト」、通称ハニトーのライブグッズだったのだ。

その日、カズくんの歓迎会を兼ねて、部署の何人かでランチした。私とカズくんはハニトーの話題で盛り上がり、すっかり打ち解けた。

「まさか、職場で推し被りと出会えるなんて」

「な。ハニトーのペン、いまだに使ってるとか」

「ハニトー？」

得体の知れない単語に顔を顰《しか》める田端さんに、同僚の岡町《おかまち》さんが「アイドルですよ。

最近解散した」と補足した。

「俺ん中では活動休止中。復活諦めてねぇし」

岡町さんの説明を、カズくんはすぐに訂正した。興奮すると誰にでもタメ口になるカズくんは、入社初日からその癖もなんとなく受け入れられていた。

私は通勤中のネットサーフィンで偶然見つけたハニトーにハマり、行けるライブは全て通った。一生懸命歌って踊る彼女たちに何度も胸を熱くして涙した。ハニトーのみんなから貰《もら》った大切な時間が私の中にしっかりと残っている。

「活動してなくても推しは推しですよね」

「だよな！　分かるわ〜！　あ、注文決まった？」

「エビフライとハンバーグランチ目玉焼き載せ！」

「え、ここも被った！　ちなみに何セット？」

「ドリンクバーとライスとミニスープのセット」

「マジかよ、ここも被ってんだけど〜」

好きなアイドルから食の好み、学生時代よく見ていたテレビ番組まで、カズくんとは何から何まで好みが一致している。仕事帰りに二人で食事に行くようになるのも、〝お付き合い〟を始めるのも、そう時間はかからなかった。

あの頃のことを思い出すと、一瞬は楽しい気持ちで満たされるのだけど、それはすぐひやりと冷たいものに変わってしまう。

「家にプロジェクターをつけたんだ。これで一緒にハニトーのライブを観《み》よう」

付き合ってすぐの週末。映画を観て、夕食を食べた後、カズくんから誘いを受けて、喜んで彼の家に遊びに行った。壁一面に映るハニトーのライブ映像に胸を躍らせ、カズくんと歌って踊って語り倒す最高の休日が過ごせそうで嬉しかった。

彼も同じ気持ちなのだと、私は信じて疑わなかった。だけど、ベッドに並んで腰かけて、ハニトーのライブを観始めてすぐのことだった。

気づくとカズくんの顔と、彼越しに天井が見えていた。カズくんが私をベッドに押し倒したのだ。

「ねぇ今日ライブ観るんじゃ」

遮るように唇を塞がれた。どうしていいか分からず固まってしまった。

「え、初めて?」

「え?　キス?　キスは二回目」

私の返事の何が嬉しかったのか、分からない。とにかくカズくんは目を細めて、私の頰をゆっくりと撫《な》でた。

「……咲子のこと、ずっと大事にすっから」

「あ、うん」

カズくんは私に再度キスをして、そして私の服の中に手を入れて、もぞもぞと手を動かしている。

今にして思えば、これが私にとって初めてのセックスだったのだ。ドラマや友だちとの恋バナに出てくる、お付き合いを始めるとするらしい行為。鼻息荒く、身体中に触れてくる彼にされるがまま、壁に映るハニトーのライブ映像を、私は眺め続けていた。

いつの間に寝てしまったのだろう。机に突っ伏して眠っていた私に「起きろ」とでもいうように、容赦なく朝日が降り注いでいる。

アンケートの質問はまだ半分近く残っていて、『自分のセクシュアリティと関連する、他の人との関係上の困難はありましたか？』という項目で止まっている。高橋さんは『あり』とだけ短く書き記していた。その文字の下には、長く何かを書いた跡はあったが、全て消されていた。

まだ眠気が醒《さ》めきらず身体を反らして伸びをしていると、スマホに通知が入った。その通知を見た途端、一気に目が醒めて、私は部屋を飛び出していた。

台所では、高橋さんがうどんを踏んでいた。どこか元気がなさそうだ。

「咲子さんおはようございます」

彼が挨拶し終えぬうちに、私は思い切り頭を下げた。

「本当にごめんなさい！」

「何謝りですか？」

「ブログ、読みました……『今年二番目に最悪な日』ってやつ。ガッカリして会社に行きたくないって書いてありましたけど、あれですよね、私がアンケートを提出しなかったからガッカリしたんですよね」

「違います。あの期限はあくまで目安です。昨日も言いましたが焦ることないです。答えたくなければ全部無記入でも。咲子さんは関係ないです。お気になさらず」

そう言って、高橋さんはまたうどんを踏み始めた。心なしか、いつもより足踏みのテンポが悪い。

「えっと私でよければ話聞きますが」

高橋さんは、一瞬話すかどうかためらったようだったが、机を指さした。

「それです」

机には七枚のポイントカードが綺麗に並べて置いてあった。

「愛用している店のものです」

「全部ポイント溜まってるじゃないですか！」

「はい。日々の感謝を込めて、ポイントが溜まったら、なおざりにせず、時機を待ち、満を持して特典を使用することが僕の嗜《たしな》み方です」

「……嗜み」

「ですが、最終来店日をご覧ください」

「全部、今日？　あ、去年の今日だ」

「はい、つまり今日が全ての有効期限なんです」

「それで落ち込んでるんですか」

高橋さんは頷き、そのままガックリと肩を落とした。

何が起きたのかと身構えていたが、そんなことでよかった。そう思ってすぐに考えを改めた。事の重要さは人それぞれ。私の尺度に当てはめてはいけない。あまりの落ち込みっぷりなので、言葉を慎重に選びながらひとつ提案してみる。

「じゃあ、今日使っちゃえばいいんじゃないでしょうか」

「仕事がありますから。七店舗全ては」

「あの、私、何かお手伝いできますか」

高橋さんのうどんを踏む足が止まった。

「咲子さん、今日はお忙しいですか」

「あ、えっと五時くらいにはあがれるかと」

「……では五時半に駅側のアーケード前で」

「はい！」

高橋さんのうどんを踏む足さばきが、いつもの軽やかなものに戻る。どうやら力になれたようだ。その日の朝食のクリームうどんは絶品だった。

絶対残業はしない。そう心に誓って急ぎ気味に仕事をこなし、定時ちょうどに私は席を立った。足早に廊下に出て、エレベーターを待っていると誰かが追ってきた。

「……よう」

カズくんだった。思わず身構えて距離を取る。

「……何?」

「怒ってる?」

「怒ってないよ」

嘘ではなかった。警戒はしているが、怒ってはいない。長い時間、怒っているのが苦手なのだ。それにカズくんが悪い人ではないことも分かっている。

「でも昨日の俺、キモかったよな。ごめん」

カズくんは深々と頭を下げた。私は「はい」と彼の謝罪を受け入れた。顔をあげたカズくんは分かりやすく元気になっていた。

「なぁなんか食いにいかね?　俺奢るし」

「そこまでいいって。じゃあね」

手を振ってエレベーターに乗り込むと、ふぅと自然と息が漏れた。今のやりとりで一仕事終えた感があるが、今日のメインイベントはこれからだ。はやる気持ちを抑えられず、エレベーターの扉が全部開ききらぬうちに、私は外に飛び出した。

待ち合わせ場所に向かう途中でばったり高橋さんと合流した。彼は駅近くの花屋さんで花を買っていた。ポイントを使い、値引きしてもらったようだ。ほくほく顔で切り花をエコバッグに入れている高橋さんに駆け寄った。

「ごめんなさい。お待たせしましたか」

「謝る必要ありません。待ち合わせの五分前です」

「あ、はい。それで、私は何をすれば」

「咲子さんはこちらの二軒お願いします」

上着のポケットからポイントカードを取り出して、私に差し出した。

「クリーニング真っ白亭でポイント特典のエコバッグを入手。Cの柄をお願いします。これで全種類コンプリートです。二軒目はおにぎりSHOPモグモグ。ポイント特典はおにぎり二個サービス。僕は梅オクラ一択なのですが、もうひとつをどうするかでいつも悩みます。咲子さんお好きなのを選んでください。僕は他の店に行ってきます」

一気に説明を終えると、彼は「では」と足早に立ち去った。きっと仕事の合間に、どう商店街をまわるのが効率が良いか考えていたのだろう。それを思うと去っていく高橋さんの背中が微笑ましかった。

私も任務を果たすべく、まずはクリーニング屋さんを目指した。

エコバッグとおにぎりを入手し終えて連絡を入れると、高橋さんは特典の食パンを入手したところだった。あの家に、パンのイメージがなかったのだが、おばあさんがよく昼食にフレンチトーストやサンドウィッチを作っていたのだと、彼は教えてくれた。

「おにぎり、何買ったんですか」

私がどの具のおにぎりを買ったのか、高橋さんは気になるようだった。

「あ、梅オクラを二つ」

「咲子さんも梅オクラに？」

「はい！　高橋さんの推し、食べてみたくて……あ、好きな芸能人とか、いたことあります？」

「ないですね。推しの店は色々ありますが」

高橋さんは持っているエコバッグをちょっと持ち上げて、こちらに向ける。ずっしりと入っていそうで、お惣菜などの食べ物が混ざり合った匂いがかすかにする。彼は特典以外にも、美味しそうなものを買い込んでいた。

「前から思ってましたが、高橋さんって食べること好きですよね」

「それは咲子さんも」

「あ、バレてましたか？」

「はい、バレバレです」

特典が使えて嬉しいのか、高橋さんはいつもより上機嫌で饒舌《じようぜつ》だった。

「次の所も推しの店なんですか？」

「ええ、ですが問題が……この店の特典、二十パーセントオフなんです」

彼が足を止めたのは服屋だった。そこの店頭にディスプレイされていた赤いコートの存在が、私はひそかにずっと前から気になっていたのだ。

「今買い足す必要がある服もないので、無理にこの特典を使う必要はないかもしれません」

「あ、あの！」

「なんですか、咲子さん」

「その特典、使わせていただいても？」

小さな奇跡だと思ったが、高橋さんの嫌いな言葉なのでぐっと呑み込んで、私はディスプレイを指さした。店頭のコートがやけに輝いて見えた。

喫茶店に入ってからも、自分のものになったそれを私はしばらく手の中で眺めていた。

「僕、無理に買わせましたか」

いつまでも赤いコートを眺めているので、高橋さんは私が後悔しているのかと思ったようだった。

「いえ！　好みだったので二十パーセントオフ嬉しいです」

「そうですか、なら良かった」

赤いコートはしっくりと身体に馴染んだ。あまりに気に入ったので、お店の人に頼み、着て帰ることにしたくらいだ。商店街を歩きながら、お店の窓に反射して映る自分の姿を確認しては何度もニヤついた。

「咲子さん……最後の特典です」

コーヒーと共に運ばれてきたのは小さなケーキだった。高橋さんはそれをそっと私の前に差し出した。

「あ、これは高橋さんが」

「いえ、僕甘いもの、そこまでなので……今までは祖母に食べてもらっていました。ですので」

「じゃあ、いただきます」

ケーキはチーズ風味のムースが載ったもので、どこか落ち着く味がした。

「改めて、本日はありがとうございました」

「いえ楽しかったです、なんていうか気楽で」

「ですね、たしかに気楽でした」

「あ、そうだ。あの、これ」

アンケート用紙を鞄から取り出すと、高橋さんはちょっと慌てて周囲を見回した。店にいた客は私たちだけだった。

「別に家に帰ってからでも」

「あ、いやまだ完成してなくて、途中まで書いてたんですけど……なんか色々思い出して、止まっちゃって」

「すみません、嫌な気持ちにさせたのなら」

「あ、嫌な気持ちとは微妙に違くて、こうウワァって色んなものが溢れ出てきて、文字だと、うまくまとまらないっていうか。なので」

「自分語り、ですか」

行動を完全に読まれている。照れ隠しに微笑んだ。

「小学五年生くらいからかな？　そのくらいからたまに、あれっとなって。誰が好きとか、そういうのが分からなくて、とりあえず笑って聞いておこうみたいな時間が小中高大学それ以降もずっとあって」

頭の中にかつての友人たちの顔が次々と蘇る。

　小学校でプロフィール帳の好きなタイプの欄が埋められなくて、友だちに言ったら「いつか分かるって」と笑われた。中学生の時、友だちに恋愛が分からないと言ったら「いつか分かるよ」とちょっと上からな感じで笑われた。高校時代、彼氏を作らない私を心配した友だちにも同じように相談すると、「大丈夫、いつか分かるから」と、どこか子供扱いされた。最後に浮かんだのはお母さんの顔だった。二十歳《はたち》を過ぎたくらいからだろうか。事あるごとに恋人の存在を探られては言われてきた。「いつか分かる、そのうち分かる」と。

「『いつか分かる』……その言葉、真に受けちゃってたんですよね。男友だちと話してただけなのに『色目遣ってる』って周りに言われるとか、そういうちょっと嫌なことはありました。けど、私にはバスケがあったので」

「バスケですか」

「はい、中高ずっとバスケ漬けで、大学に行ってもバスケサークル入って」

「よっぽどお好きなんですね」

　その問いにはあえて答えず、話を続けた。

「恋愛については『みんなが言うようにそのうち分かるのか』くらいに思ってて。とにかくサークルとバイトの日々でした」

　高橋さんは黙って、耳を傾けている。

「で、そんな時、バイト先に坂口《さかぐち》くんが入ってきました。高校時代同じバスケ部で、足が凄く速くて陸上部からスカウトされるような子で」

「……その坂口くんとお付き合いを？」

「してることになってました」

「なってた？」

バイト帰りは大体坂口くんと一緒だった。

働く時間が重なることが多くて、私たちは駅までの道をお喋りしながらよく帰った。たしかあの日は彼が着ているモッズコートが凄く素敵で、どこで買ったのかを訊ねながら帰っていたのだ。

「坂口くんって、いつもお洒落さんだよね」

「そりゃよく見られたいからさ」

人前に出る嗜みということだろうか。私の反応が予想とは違ったようで、彼はどこか照れくさそうに言葉を続ける。

「俺、高校時代から結構児玉のこと好きな感じ出してたんだけど……気づかなかった？」

「うん」

高校時代、坂口くんも私も副キャプテンだったから話すことは多かった。けれど一緒に遊んだこともなかったので、好意を持ってくれているのは意外だった。好意といっても私はそれが友情なのだと、この時は思ってしまっていた。

「バイトも兒玉がいるからここにしたって言ったら驚く?」

「え?」

「俺、ずっと兒玉と一緒にいたいって思ってるんだけど、どう思う?」

恋愛に全然ピンと来ていない私は、これが愛の告白だとは当時気づけなかった。


一気にここまで話し終えて、私は息を整えた。テーブルの上に置かれたお冷の氷が溶けて、小さくカランと鳴った。

「私、坂口くんとお喋りするの好きだったので『楽しそう』って答えました。それがお付き合いのスタートだったみたいで」

「あぁ最悪だ」

相槌も打たずにじっと黙って聞いていた高橋さんが、ボソリと呟いた。

「何日かした後、帰り道に突然キスされてびっくりして逃げたら、坂口くんが凄く怒って。『なんで逃げるんだ、俺たち付き合ってるのに』って言われて。『そうなの?』と訊ねたら坂口くんはもっと怒って、『思わせぶりなことすんな』って」

怒らせるつもりなんてなかったし、何を怒っているのかも正直よく分からなかった。坂口くんは私に弁明する隙を与えず去っていき、その後、連絡をしても電話に出てくれなかった。

「その後、多分坂口くんが何か言ったみたいで、バイト先になんか居づらくなっちゃって。同じサークルの人もバイトしてたんでサークルでも同じ感じになって。それで、辞めました」

バイト先でも、サークルの部室でも、皆の私を見る目が明らかに変わったのを覚えている。坂口くんは最低限の会話しか交わさず、私を避けるようになった。周りの子たちから明らかな意地悪をされたわけではない。ただ一緒にいても話が弾まなかったり、試合でパスがちょっと少なくなったり、飲み会に誘われなかったり、そんな小さなことが続いた。

「別のサークルに入ってもよかったんですけど……そろそろ就活しなきゃいけない時期だったので、もうバスケはいいかってなって」

サークルを辞めると伝えたその日の帰り道、バスケをしている写真を全てスマホから削除した。家に帰るとバッシュやユニフォームを箱に入れて部屋の奥にしまい、就活を理由にバイトも辞めた。

高橋さんは冷めたコーヒーを口に含むと小さく息を吐いた。こんな話を聞かされても困るに違いないと気づき、謝ろうと口を開きかけたその時だった。

「誰かの家に行く時、チャイム鳴らして相手に許可を得て『お邪魔します』と言って入るじゃないですか」

「えっ？」

「恋愛関連だけ、なぜこちらのプライベートに無断で土足で入ることを良しとするのか」

高橋さんの目から光が消えている。静かに憤っているのが分かった。

「誰かから好意を持たれていると思っても、合意を得ない限り、全部勘違いと思うべきですよ」

「……だと思うんですけど、でもそれが世の中では当たり前みたいですよね」

「そんな当たり前はポイです、ポイ！」

力強い「ポイ」に思わず笑ってしまう。

「ですよね。それから次に、会社の同僚と付き合いました」

「坂口くんの一件があったのによく付き合えましたね」

「六年経ってたし、親から『彼氏くらい作りなさい』ってしつこく言われて」

蟹鍋の一件を思い出したのか、眉を顰めて、高橋さんは「あぁ」と声を漏らした。

「カズくんっていうんですけど。彼とは凄く気が合って、好きな推しも一緒。食の好みも映画や漫画の趣味も一緒。一緒にいるといつも笑ってました」

「坂口くんよりはまだ多少いい人だったんですね」

「坂口くんも悪い人じゃなかったですけど、でもカズくんはきちんと言葉にして『付き合おう』って言ってくれたので、まだ分かりやすくて。それに、カズくんは『お付き合いするってどういうことか』って聞いたら『一緒にいて楽しく笑うことかな』って教えてくれて。それは素敵だなって」

「それも若干ふんわりしてますけどね」

高橋さんの言葉にトゲトゲしたものを感じる。

「付き合って三日くらいは凄く楽しくて。でもその週末、彼の家に遊びに行って」

「まさか」

高橋さんから怒りが消え、顔が青ざめていく。私は頷いて、話を続けた。

「そしたらカズくんが私にキスして、その後に服を――」

「あ、詳細は……厳しいです」

「ごめんなさい。ハムスターの話も聞いてたのに」

「いえ」

「とにかく私には痛いだけでした。でも最初は誰でもそうと言われて二回はしました。でも二回しても『なんでこれしなきゃいけないのかな』って感じで……あ、これは大丈夫ですか？」

「この程度ならなんとか……続けてください」

「二回目が終わった後、カズくんに『もうしたくない』って言うべきかなとか悩んでたら、カズくんが私を抱きしめて言ったんです。あぁ、めっちゃ落ち着く～って。私の横ですっごくニコニコ嬉しそうで。でも私には全然理解できなくて」

二回目の時も、部屋にはハニトーのライブ映像が流れていた。カズくんの腕に抱かれていた時、ちょうど大好きな曲が流れていて、こんなことしないで、ただただライブＤＶＤを一緒に観れたら楽しいのにと心の底から思ったのだった。

私の推しはハニトー。それははっきり分かる。でも「いつか分かる」はずだった、恋する気持ちも、恋人にとってのキスやセックスの意味も何ひとつ分からない。

「私の今の気持ちを伝えたら、カズくんはどう思うだろう。そう考えてたらどうしたらいいいか分からなくなって。結局何も話すことはできなくて。それで、結局カズくんとも……あ、これ、アンケートの代わりになります？」

「充分です」

「よかった。私の話は以上です」

自分語りをし終え、すっかり氷の溶けたお冷を一気に飲み干した。口を拭うと、私は自然と笑っていた。胸にずっとずっとつかえていたものを全部吐き出せたようで気分がよかった。

「すみません長々と……でもスッキリしました」

「ならよかった。飲みます？　口つけてません」

「あ、ありがとうございます」

差し出されたお冷も一気に飲み干す。私の飲みっぷりがおかしかったのか、高橋さんは口元を緩める。私もつられて同じ顔になった。話していて胸の奥の古傷が何度か疼《うず》いたけれど、こうして二人で笑い合えている。今日、話せてよかった。

私は期限切れ直前のポイントカードたちに感謝した。


喫茶店を出ると、すっかり日が暮れていた。

家まで続く坂道に、月明かりに照らされて私たちの影が長く伸びて見えた。少し欠けた大きな月が空に浮かんでいる。高橋さんは家の前まで来ると、スマホを構えて、その月を画面に捉えた。

「ブログ用ですか？」

「はい。訂正しないと」

「え？」

「今日は今年の中で割と良い日になったと。あ、すみません。しんどいこと話させたの

「あ、いえ、あのでも私もです。今まで人に話したことないことバァ～ッて喋れて……あと、一緒にお買い物したりとか、家族に近づいた感じしました」

家族という言葉に、もの言いたげな高橋さんを制す。

「あ、分かってます。まだお試し期間なのは。あと今日お買い物してて特典っていいなと思いました。私たちも導入しましょう」

「と、いうと？」

「お試し期間中、引っ越し費用として私は半年間お金を貯《た》める。もし家族になれた時には、家族記念特典ってことで、引っ越し用に貯めたお金をパァ～ッと使いませんか？」

「でも、それ、僕しか得しないのでは？」

「私がそうしたいんです！　高橋さんが欲しいもの買いましょう！　何が欲しいですか？」

高橋さんは真剣な顔でしばらく考え込んだ後、言った。

「冷蔵庫、ですかね」

「よし、決まり！」

「なんだか嬉しそうですね、咲子さん」

私を見て笑っている高橋さんの髪の毛に、小さな枯れ葉が絡まっていた。

「高橋さん、髪の毛にゴミが」

高橋さんはすぐに髪を払ったが、枯れ葉は落ちない。

「え、取れました？」

「いいえ、まだ。そっちじゃなくて、ここ」

「どうです？」

何度も髪を払うも、ゴミは取れない。

「いや、まだで……あの、ここです」

高橋さんは前かがみになり、頭を指さすも、微妙に位置がずれている。私は頭に触れずに位置を示しているので、なかなか枯れ葉を取ることができない。

しばらく悪戦苦闘していて、ふと私は我に返った。

「家に入って、鏡を見たほうが早いかもですね」

「仰《おつしや》る通りです。入りましょう」

高橋さんが玄関までの石段を上りかけた時だった。

「おおおい！」

大声をあげながら物陰から誰かが飛び出してきた。

「やっぱし付き合ってんじゃんか！」

「カズくん？」

現れたのは鼻息を荒くしたカズくんだった。寒さのせいか、怒っているのか、鼻の頭や耳元が真っ赤になっている。

「カズくんって、あの？」

「あ、はい」

「一緒に買い物して、服買ってお茶して仲良く帰って、なんか家の前でイチャイチャして完全カップルじゃんかよ！」

「イチャイチャしてないけど。え、カズくん。私たちの後つけてたの？」

カズくんは私の声が聞こえていないかのように声を荒らげ続けた。

「仕事が楽しいとか自分には恋愛がよく分からないとか言って別れたけど、ちゃっかり男と付き合って同棲してんじゃんかよ！」

「だから付き合うとかそういうのじゃなくて」

「付き合ってないなら何？　愛人？　セフレ？」

「セフレ？」

なぜ、そんな単語が飛び出すのか。さっぱり理解できなかった。

「違うのか？　じゃあなんだよ！」

「家族カッコ仮です」

カズくんのことを冷ややかに観察し続けていた高橋さんがやっと口を開いた。

「家族!?　はぁ、何、籍入れんの？　婚約した？　もしかしてデキちゃった？」

「私たち、恋愛とか抜きで家族になろうとしてて」

「いやいや全然意味分かんねぇ」

感情的に話すカズくんに構わず、高橋さんは淡々と接している。

「あなた、愛のないセックスは理解できても、セックスのない愛は理解できないんですか」

「愛！　ほら今愛って言ったじゃん！」

「高橋さん？」

「言葉のアヤです、話の流れで分かりますよね？」

「淡々と」というのは訂正する。彼は喫茶店で私の話を聞いていた時のように、静かに怒っていた。

「そもそも人としてどうなんですかね、尾行って」

「それは咲子が」

「咲子さんのせいにするつもりですか」

「仕方ねぇだろ、好きなんだから！」

いつものように勢いと圧で押し切ろうとするカズくんだが、その戦法は一切高橋さんには効いていない。

「いえ、何も仕方なくないですね。愛があれば異常な行動も許されると思わないでください」

「異常なのは、あんただろ！　あんな変態みたいなアンケート、咲子に書かせて！」

「あれ、彼に見せたんですか」

「俺が勝手に見たんだよ、悪いか」

「最悪ですね」

心の底から吐き出された「最悪」に、カズくんは一瞬面食らった後、すぐに顔を真っ赤にして、力任せに地面を踏みしめた。

「あぁん？　喧嘩売ってんのかよ。やんなら来いよ！」

「カズくん落ち着いて！」

「僕は人を殴るのも殴られるのも、そもそも接触自体が得意ではないので、失礼」

言いたいことは言ったと、高橋さんは話を切り上げて玄関に向かおうと足早に石段を上り始める。だが、そうはさせまいとカズくんが追いかけ、腕を摑んだ。

「おい、待てよ！　おいって！」

「放してもらえます？」

うんざりとした表情で、カズくんの手をさっと振りほどいた。力を込めたわけではない。だが興奮していたカズくんの身体が、そのままバランスを崩した。

「どあ!?」

カズくんが石段から落ちそうになったその時。高橋さんがカズくんの手を引っ張り、彼を庇《かば》うと、そのまま自分自身が石段を転がり落ちていった。鈍い音と共に、高橋さんが地面に転がる。

「高橋さん!?」

「あ、え、嘘だろ」

階段の上で立ち尽くしているカズくんを残して、私は高橋さんの元に駆け寄った。

「高橋さん、高橋さん」

何度呼んでも、高橋さんは目を閉じたままピクリとも動かない。やっとやってきたカズくんは涙目だった。

「死んでないよな、なぁ?」

パニック状態のカズくんを無視して、何度も何度も名前を呼び続けた。

「高橋さん、高橋さん!」

意識が戻ったのか、高橋さんがゆっくりと目を開ける。

「高橋さん!」

「……ここは?」

高橋さんはぼんやりとあたりを見回している。

「大丈夫ですか、起きられます!?」

虚ろな目のまま、高橋さんがこちらを見やる。

「……あなた、どなたでしたっけ」

「え？」

「というか、あれ、僕は……」

会話を聞いていたカズくんが頭を抱えて、焦りだした。

「これ、あれだろ。頭打って、記憶があれになってんじゃ」

「え、あれって、え!?」

「どうしよう、俺、どうしよう！」

パニック状態で叫ぶカズくんの声と同時に聞こえてきたのは、高橋さんの笑い声だった。虚ろな顔から一転、高橋さんは笑いを堪えきれずに肩を震わせていた。

「えっと、高橋さん？」

「ごめんなさい、冗談です」

「え？」

高橋さんはクスクス笑い続けている。

「いや、まさか自分が誰かを庇って怪我《けが》を負うなんて経験をするとは思ってなくて……映画みたいだなと」

「はぁ？」

私とカズくんは同時に声をあげた。私は呆れの「はぁ」、カズくんは怒りの「はぁ」だ。一方の高橋さんはおかしくてたまらないようだ。

「そしたら、こういう時って記憶喪失になったりするなとか思いついてしまって」

「高橋さん、冗談とか言う人でしたっけ」

高橋さんは一通り笑い終えたのか、満足したように一息ついた。

「ごめんなさい。思いついてしまって、つい。あと救急車呼んでもらえます？　腰をやってしまったのと、あと骨、折れてるみたいで」

高橋さんにとって今年二番目に最悪な日は、割と良い日に変化を遂げ、人生初めての骨折体験で締めくくられることになったのだった。

高橋、未知との遭遇

帰路につく頃には、空は白み始めていた。

骨折に続き、人生初の朝帰りまで経験することになろうとは。うどんを踏み、ポイントカードの話をしている時には想像すらしなかった。車椅子に揺られて坂道を上りながら、欠伸を噛み殺す。

病院での診察結果は右腕の骨折と腰の打撲だった。三角巾で吊《つ》るされた右手はギプスで固定されて動かない。入院は避けられたが、仕事はしばらく休まなければならないようだ。考えてみれば二日以上仕事を休むのも、人生初だ。

「この坂道エグいっすね」

荒い息遣いと共に、頭上から声が聞こえてきた。

咲子さんの同僚のカズくんこと松岡一《まつおかかず》である。彼は病院からずっと僕の車椅子を押し続けている。

「だからタクシー乗ろうって言ったのに」

僕と自分の分の荷物を抱えた咲子さんがため息を漏らす。

「や、もったいねぇし。はい到着～！」

「ありがとうございます。助かりました」

「あの……本当にすいませんでした！」

突然、目の前に現れたつむじを見て、彼が僕の前に回り込み、地面に膝をついて深々と頭を下げていることに一拍遅れて気づいた。

「なんで謝るんです？」

「だって俺のせいで、そんな酷い怪我を」

「つい身体が動いただけです。謝る必要ないです」

押されたわけでも突き飛ばされたわけでもない。勢い余って足を滑らせたのだから、責任を感じることなどないのに、彼はまだ僕につむじを向け続けている。

「……すみません、本当に」

「帰り道分かる？」

埒《らち》が明かないと思ったのだろう。咲子さんが会話に入ってきてくれた。

「助かったよ。朝までごめんね、ありがとう！」

「では失礼します」

咲子さんに便乗して、僕も会釈をして彼を送り出した。

戸惑いつつも去っていく松岡一の背中が小さくなっていくのを確認してから、無傷のほうの手で肘かけを摑んだ。

「……さてと」

二度深呼吸をして息を整えて、ゆっくりと車椅子から立ち上がった。腰に痛みを感じるが、まだ耐えられるものだった。そのままゆっくりと家に続く石段の前に移動する。右足をあげて段差を上るだけ。たったそれだけのことができない。

「あの、お手伝いしても」

なかなか動きだせない様子を見かねて、咲子さんが声をかけてきた。

「いえ、大丈夫です」

意を決して一歩踏み出そうとするが、ズシンと腰に激痛が走り、身体がよろけた。腰に力が入らず、そのまま石段に座り込んだ。

咲子さんは僕の横に座り込み、どう手助けするかを考えあぐねている。再度立ち上がろうと試みるが、やはり腰に力が入らない。

「立ち上がれないんですか」

「ちょっと待ってくださいね」

石段に手をつき、力を入れようとするが無理だ。その前に痛みが勝り、力が抜けてしまう。そろそろご近所のご老人たちが起きてくる時間だ。こんな状態の僕を見たら、変な噂話《うわさばなし》を広げられてしまう。昨夜の救急車騒動で、もう噂はたっているかもしれないが、とにかく早く立ち上がらなくては。そう思っているのに、自分の身体のはずなのに、全く言うことを聞いてくれなくて途方に暮れかけたその時だった。

「失礼しますっ！」

鈍い痛みと共に、ふわりと身体が宙に浮いた。

僕の身体を軽々と持ち上げたのは、咲子さん、ではなく松岡一だった。

「え、カズくん？　なんで」

「いや、見てられないでしょ。これ」

帰ったはずの彼が僕の身体を背後から支えて、石段を上っていく。

「さっさと上っちゃいましょ」

選択の余地もなく、されるがまま僕らは石段を上っていった。


やっぱり自分の布団は落ち着く。二人の助けを借りて階段を上り、自室の匂いを嗅いだ時、やっと家に帰ってきた実感が湧いた。ほっとして布団に横たわる僕を松岡一は心配そうに見下ろしている。

「体勢、問題ないスか？」

「はい、大丈夫です」

「カズくんありがと、お疲れ様。下でお茶淹れるね」

「や、咲子は仕事までちょっと寝とけよ。俺は一旦荷物取りに帰るから」

「え、カズくん今なんて？」

「俺ここ住むワ」

「は？」思わず咲子さんと声が重なった。僕の真横に座り込んだ彼は、勝手に一大決心をした空気を醸し出している。

「俺、男として、ちゃんと責任とるんで」

「責任？」

「俺、高橋さんがちゃんと動けるようになるまで泊まりこみで面倒見るんで！」

「お断りします」

「遠慮しないで大丈夫ですって！　俺有休溜まってるんで、バリバリ休めます！」

「遠慮してません。バリバリ休まなくて結構です。知らない人にそこまでお世話になれません」

ここまではっきり拒んでも、彼は一歩もひこうとしない。

「咲子のことだって知り合ってまだそんなでしょ？」

「それは、家族……カッコ仮ですから」

「病院でアンタ待ってる間、咲子から色々聞きましたよ。けど家族カッコ仮とか……正直それカップルと何が違うんだって感じで」

「だから何度も説明したでしょ」

咲子さんの声に明らかな苛立ちが混じりだす。

「や、急にアロマンティックとかアセクシュアルとか言われても正直ピンと来ねぇって。だって咲子、俺と付き合ってたじゃん」

「それはまだ自認してなくて」

「そういう難しいこと言われても。男と女が同じ家にいてなんもないとか普通ないでしょ」

「君の普通をこちらに押し付けないでください」

普通。奇跡や運命、家族と並んで苦手な言葉だ。それと、これを機に咲子さんにも言っておかなければならない。彼に向けるものとは違い、なるべく責めた口調にならないように気をつけながら話を切り出した。

「あと咲子さんはアウティングには気をつけましょうね」

「アウティング？」

「僕の了解を得ずに、僕のセクシュアリティについて誰かに話すことです」

咲子さんの性格なのか、自覚して間もないからなのか、彼女はそういうことに無頓着だ。悪気がないのは分かっている。だが、僕は周りには自分のことを大っぴらにしたくない。ハッとした様子の咲子さんは今までの自分の行動を振り返ったのだろう。

「え、あ、ごめんなさい……」

申し訳なさそうにしている咲子さんの謝罪を、カズくんが遮った。

「と〜にかく！　アンタらのこと全然納得いってないし、まだ解散してねぇ俺としては、納得したいっていうか、だからちょうどいいかなって」

「どういうこと？」

「だから一緒にいりゃ、俺も、アンタらのことちょっと分かるかもだし、責任も果たせるし、色々ちょうどよくないスか」

「別に君に僕らのことを分かってもらわなくても。そもそもなぜあなたに納得していただかなければならないんですか？」

「てか咲子じゃ、高橋さんのことちゃんと支えられないですよ。支えてもらわなきゃ今どこも行けないスよね？　結構困るんじゃないですか？」

全て図星である。彼女は僕の身体を支えられないし、僕は手助けがなければ、今この布団から起き上がることすらできないのだ。でも、見ず知らずの、この非常識で失礼を煮詰めて凝縮したような彼と一緒に住むなんてできる気がしない。しかし、背に腹は代えられない。

「……実は、僕、自分の布団でないと非常に寝つきが悪いんですよね」

「よし、決まり！」

僕の答えに表情を明るくした彼は勢いよく立ち上がった。もし彼に尾っぽが生えていたらブンブンと右に左にと振り回していることだろう。

「俺、二階でも三階でも高橋さん運びますから！　はい、んじゃ俺荷物取ってきますから！　あ、いいですよね？」

　不安しかない、三人での共同生活が始まった。


　荷物を抱えた松岡一が再び現れた時には、既に日が昇っていた。

　二時間程度眠れたお陰で多少疲れも取れた。それと同時に、同居生活を受け入れてしまった後悔に、今更ながら襲われていた。

「俺、こういう古民家的な家、住むの初めてなんスよ〜」

　襖《ふすま》一枚挟んだ隣の和室を貸すことにした。物置きと化している部屋だが、彼は気に入ったようである。

「俺、隣でばっちりお世話するんで！　安心してください！」

　このテンションがずっと続くのかと思うと、気が重くなる。本来、感謝しなければならない相手なのかもしれないが、苛立ちが勝ってしまう。

「あ、咲子、飯作ってくれてるみたいなんで、下行きましょうか」

「はい、お願いします」

　そんな彼の手を借りないと動くこともできない自分に、更に気が沈む。僕は観念して、彼にまた身をゆだねた。

階段を下りると、咲子さんがカップうどんを用意していた。

「おはようございます」

リビングのソファに座らせてもらいながら挨拶を返す。少し眠そうではあるが、思ったより元気な様子でほっとした。自分のせいでこれ以上誰かの生活に支障が出るのは嫌だった。

「え、何それ。朝からカップ麺?」

松岡一はお湯を沸かしている咲子さんを見て、顔を顰めた。

「朝はうどんって決まりで。いつもは高橋さんがうどん作ってくれてるの。手打ちだよ、凄くない?」

彼女の問いには答えず、彼はジトッとした目つきをもの言いたげに向けてくる。

「え、何?」

「や、カップルみがエグいなって」

「どこが?」

「『毎日手作りうどんで朝ご飯。それが私たちの決まり』……ほら、カップルみあんだろ?」

咲子さんは何を言われているのか全くピンと来ていないようだ。

「恋愛至上主義者はすぐにそう結びつけるんです」

「てか俺朝からカップ麺は……咲子なんか作ってよ。簡単なものでいいからさ」

料理を舐めていることが分かる発言に、苛立ちが溜まっていく。

「自分で作ればいいじゃないですか」

「いやいや俺料理とか無理なんで」

会話が通じない。今まで出会ったことのない未知の生物が目の前にいる。病院の待合室で、間が持たずに食べてしまったおにぎりを残しておけばよかったと後悔した。

「俺あれがいい！　前作ってくれたパンにチーズとか卵とかぎゅって雑に焼いてるやつ！」

「分かったって」

やれやれと台所に立った咲子さんが作ってきたのは、フライパンで卵とチーズとベーコンを焼いたものをパンに載せたものだった。食べやすさを考えれば、僕もパンにするべきだったかもしれない。カップうどんをフォークでからめて、すすりながらそんなことを思っていると、松岡一は嬉しそうに声をあげた。

「うっめぇ〜〜」

彼がかじりついたパンから半熟の黄身がトロリと溢れた。

「このトロトロ卵が最高なんだよなぁ」

「大袈裟じゃない？」

咲子さんは、まんざらでもなさそうだ。たしかに彼は、実にうまそうにご飯を食べる。

「だって俺、咲子が作る雑な飯好きだし」

「雑雑うるさいな。私だって、せっかくなら高橋さんのご飯食べさせてあげたかったよ」

「へぇ料理うまいんスか、じゃあ今度食わせてくださいよ！」

「それは、約束しかねます」

黄身だらけの口で笑う松岡一の無邪気さにげんなりしながら、僕は再びうどんをすすり、話題を変える。

「そういえば咲子さん。昨夜うちの店に電話してくれたんですね」

「あ、はい。高橋さんがしばらくお休みになってしまうとシフトとかに影響が出るかなと思いまして」

「先ほど電話で店長も咲子さんに感謝していました。それ以外に病院の手続きなども、助かりました。ありがとうございます」

「いえ、全然です」

全然と言いながら、咲子さんは嬉しそうに頬を緩めた。

「もし、なのですが。もし今後、僕が事故や怪我で倒れた時、必要な時は咲子さんの携帯番号、お伝えしても？」

治療を受けている際に考えていた。晩年のおばあちゃんは頼るというより頼られる比重が多く、誰かに頼る感覚をすっかり忘れてしまっていた。人生初の出来事が重なり、気が動転していた僕には非常にありがたい心遣いだったのだ。

「それって、緊急連絡先ってことですよね？」

咲子さんは僕の提案に賛成してくれたようで、声が弾んでいる。

「うん、それ凄くいいですね、家族っぽい――」

「はい、出てる出てるカップルみ！」

黙って聞いていた松岡一が水を差してくる。

「え、どこが」

「どこが？　や、無自覚かよ！　さらっと仏壇にお供えしたり職場に連絡したり、カップル通り越して妻みもエグいくらい出てるし！」

「妻みって？　私は高橋さんの役に立てて嬉しいだけで」

「だから、そういうのが良い奥さん感っていうか、好きな奴に抱く感情なんじゃねぇの？」

「私、身近な人なら誰の役に立てても嬉しいけど」

「なんでも恋愛が始まる合図にしたいだけでしょ」

これ以上ダメージを負わないために、僕は会話を終わらせようとする。

「え？　俺がおかしいのか、この感覚」

「はい」

「や、絶対そんなことないし！　あ、あと緊急連絡先のくだり、聞きようによってはプロポーズだろ！　そういうニュアンスちょっとは込めてるでしょ？」

「咲子さんそろそろ会社に行かないと」

彼の言葉を遮る。人の言葉に耳を傾ける気がない人間は相手にするだけ無駄だ。

「でも、この状況じゃ、ちょっと」

「クリスマスフェアの準備が忙しいんですよね。たしか後輩から引き継いだ企画がどうとかって」

「そうなんです。フェアの内容で悩んでまして」

「だから二人して無視すんなって！」

子供のように地団駄を踏む彼を見て、感じ取るとか察するという行為を期待するのは間違っていたと、僕のほうが察した。

「昨晩からの手助けには感謝していますが……君、さっきから不毛ですよ。僕らに恋愛感情はないって散々言ってるじゃないですか」

「でも俺から見たら、アンタらカップルそのものなんだって！」

「何が望みなんですか？　僕らが『カップルだ』と言えば満足なんですか？」

「違くて、俺は納得したいだけなんだって！」

彼につられて感情的になってしまう。そんな僕に驚いた咲子さんが会話に割って入った。

「二人とも落ち着いて！　あの私、ちょっと会社に聞いてみます。在宅で仕事していいか。許可が出るか分からないけど」

「そりゃ絶対出るだろ」

松岡一はフンッと鼻を鳴らして、面白くなさそうにしている。

「浮いた話がなかった咲子に、男の介抱したいから家にいたいなんて言われたらさ」

「え、どういうこと？」

「だから世間から見たアンタたちはそ～いう風にしか見えないってこと！」

「いや世間がどう見るとか関係ありませんから！」

思わず腰に力が入り、僕は体勢を崩してソファに倒れ込んだ。

「高橋さん！」咲子さんと松岡一が同時に駆け寄ってくる。

「大丈夫です。電話してきてください」

本当は全く大丈夫ではなかったが、これ以上、咲子さんを困らせたくなかった。

「そうだぞ、咲子。心配すんなって、俺が介護すっから」

「介護って」

咲子さんは不安でたまらないという顔で、自室に戻っていった。松岡一は今までの暴言とは対照的に、優しく僕をソファに座り直させてくれた。

咲子さんの在宅許可はすんなり下りた。

咲子さんいわく、例の失礼な上司さんから「彼氏さんに優しくね。大人だって弱ってる時甘えたいの！　結婚したいってなるの！」と言われたらしい。更に咲子さんが否定する暇も与えずに電話を終わらせたらしい。

咲子さんは自室にこもって仕事をしているが、松岡一と二人きりで留守番するよりは気が楽だ。僕がソファで読書やうたた寝をしている間、彼は家事をこなしていた。何もしなくていいと言ったのだが、掃除機をかけたり、勝手に中庭で僕の洗濯物を干したりしている。世間でいえばこういう行動が気が利くことになるのかもしれない。だが、放っておいてほしいことも僕には沢山あるのだ。

「あの、本当にお構いなく。次からは僕のものはクリーニングに出しますので」

「俺のやり方そんな駄目スか？　ていうか洗濯物、咲子と別なんスね」

「ええ、自分のことは自分で、です」

「やってもらえばいいのに。家族ってそういうもんでしょ」

「家事を押し付けるのが家族ですか」

「あぁ俺、亭主関白的なトコあるんですよね～」

「そんな得意げに言うことでは一切ないですね」

「あのついでに質問なんですけど」

松岡一はソファで横になる僕に近づき、わざとらしく声を潜めた。

「咲子と一緒にいてムラッと来ないんですか」

「そういう質問にお答えするつもりはありません」

怒りや呆れの度が超えると、感情が無になるようだ。

「恥ずかしがんなくていいスよ！　男なんてあわよくばヤリたい生き物じゃないスか」

「最低ですね」

普段飲み会にも参加しないので、こういった話題をぶつけられるのは久方ぶりだった。学生時代だろうといい歳の大人になろうと、不快なものは不快だ。

「で、さっきの質問の答えはイエス？」

「ノーですよ、ノー」

「じゃあ、高橋さんってあれですか、その、あっちのほうに問題が？」

勢いよく襖を開けて、咲子さんが飛び込んできた。

「いい加減にして、カズくん！」

「んだよ、男同士の話盗み聞きすんなよ」

「高橋さん嫌がってるでしょ！　しつこくしないで」

「は？　なんで怒ってんの？　俺はちゃんと咲子と高橋さんのこと分かりたいっていうか」

「分かりたいのと、不躾《ぶしつけ》な質問は別ですよ。そんなことも分からないんですか」

苛立ちを隠すのも忘れて、僕は言葉をぶつけていた。本気で何が悪いか分かっていないとしても質《たち》が悪過ぎて耐えられなかった。すぐ反論されるかと思ったが、松岡一は黙り込んでいる。あまりに反応がないので、こちらが戸惑ってしまう。

「怒ったんですか」

松岡一は予想外の反応を示した。

「いや、なるほどなって」

「え？」

「たしかにそうスね。すいませんでした！」

素直に謝られて、拍子抜けしてしまう。

「いえ、分かればいいんですけど。僕も言い過ぎました」

「俺納得さえできれば物分かり、激いいんで」

なぜか得意げにしている彼に、沸き立った怒りが静まり、気づくとため息が漏れていた。

「……面白い人、なんですかね」

「ええ、根はとってもいい人なので」

喧嘩にならずに済んだ安堵《あんど》からか気疲れからか、咲子さんも深く息を吐き出す。そんな僕らのことは気にせず、彼はスマホの画面で時間を確認した。

「てかもう昼か。咲子何作んの？」

「え、あぁ、そうか。ええっと冷蔵庫に何あるかな」

「簡単なもんチャチャッとでいいからさ」

咲子さんは作る気は一切なかったようだったが、流されるまま台所に向かおうとするので、僕は慌てて彼女を引き留めた。

「仕事忙しい時に作ることないです。僕らのご飯を作るために家で仕事してるわけじゃないでしょ？」

「えええ、じゃあ餓死しろってことかよ」

言うことが何もかも極端な男だ。

「出前か何か取ればいいじゃないですか」

「じゃあじゃあ、ピザでも取ります？」

咲子さんは出前というワードに反応して、冷蔵庫に貼られていたピザのチラシを手に取った。二人で暮らすようになって出前を取るのは初めてのことだ。

「お！　なら俺頼むよ」

松岡一は乗り気でスマホを操作し始める。

「てりやきタマゴとシーフードモチモチタラマヨでいい？」

てりやきにモチモチタラマヨ？

「また邪道なピザばかり選んで……」

僕のぼやきに、彼が面白いものを見つけたように反応する。

「もしかして宅配ピザでもマルゲリータとか頼んじゃう人ですか？」

「何か問題でも？」

「宅配ピザは邪道を楽しむもんですから！」

「君の考えを押し付けないでください。ねぇ、咲子さん」

「ごめんなさい。私も割と好きなんです、邪道ピザ」

まさか自分が少数派だったとは。彼は味方を見つけたのが嬉しいのか鼻の穴を膨らませて胸を張っている。

「俺と咲子、食の好みバッチリなんで！」

チラシを眺めていた咲子さんは「あ！」と、何かを見つけて目を輝かせた。

「シーフードモチモチタラマヨにはあれ入ってますよ！　高橋さんが好きな蟹！」

「……蟹」

注文から三十分もしないで、ピザは我が家に届けられた。蓋を開けた途端、照り焼きと焦げたマヨネーズの香りが鼻をかすめる。思っていたより色どりも綺麗だ。昼時で腹が減っていたこともあり、僕はすぐにピザを一切れ平らげた。チキンの上に載った海苔《のり》がいい仕事をしている。二人は僕が邪道ピザを口に入れるのをずっと見つめてニヤニヤとしていた。

「ね、ね、ね、イケるでしょ？」

「悪くないですね。僕はシンプルなピザのほうが好きですが」

「うわぁ、素直じゃねぇ〜の」

僕が邪道ピザを食べるのがそんなに楽しいのだろうか。咲子さんと松岡一は満面の笑みでこちらを眺めている。その時、インターフォンが鳴った。

「宅配便ですかね」

「私、出ますね」

玄関へと立った咲子さんが連れてきたのは、浜岡《はまおか》さんと豊玉《とよたま》さんだった。二人はスーパーまるまるで共に働くパートさんである。浜岡さんは勤務十年超えのベテランさんで、豊玉さんは店長いわく「大人の魅力溢れる美女」らしい。

突然の訪問に面食らいつつも、彼女たちをリビングに招き入れた。ソファに腰かけた途端、浜岡さんは大きな紙袋から大きなタッパーを四つも取り出した。

「店長から、高橋さんが大怪我したって聞いて！　食べるものに困ってないかって、ねぇ」

浜岡さんに同意を求められて、豊玉さんはうっすら唇を緩めた。お喋りな浜岡さんと聞き上手の豊玉さん。相性がいいのだろう。スーパーの控室でも、よく二人で談笑している姿を目にする。

「わざわざありがとうございます」

僕が礼を述べると、お盆にお茶を載せた咲子さんがリビングに戻ってきた。豊玉さんは彼女を確認すると長い黒髪を耳にかけながら口を開いた。

「でも余計なことしちゃいましたね」

「え？」

「高橋さんもこんな可愛らしい彼女さんがいるなら教えてくれたらいいのに」

豊玉さんは咲子さんの頭からつま先まで眺めながら言った。口角はあがっているが、うっすらと怒りのようなものを身にまとっている。彼女がいるなんて聞いてない。そんな抗議を遠回しに受けている気がした。咲子さんは愛想よくニコニコして受け流そうとしていたが、松岡一はそれが気に入らないようだ。

「『彼女』とは違うらしいですよ」

豊玉さんは「え、それって」と、松岡一に詳しい説明を促そうとするが、咲子さんに睨まれた彼は口を噤んだ。

「とにかくさ、食べてね！　特に豊玉ちゃんのきんぴらと煮びたし絶品だから！」

「ありがとうございます。彼女の友人も手伝いに来てくれているのでご心配なくと、スーパーの皆さんにもお伝えください」

こう言っておけば、もう突然の訪問はなくなるだろう。差し入れや気にかけてくれることはありがたい。悪気がないことも分かっている。でもその延長線上には、お節介や勘繰りが待っているのだ。

「早く元気になってね。年末年始のバタバタは高橋さん抜きじゃ乗り切れないから！」

「それに、寂しいですし」

上目遣いで言う豊玉さんは、意味深という感じで僕を見つめてくる。こういった「意味深」を受け流すことには慣れている。変に反応しないのが面倒を起こさないコツだ。

「寂しい？」

小首を傾げる咲子さんはピンと来ていないようだ。

「あ、人手は多いほうがいいですもんね」

咲子さんの相槌に松岡一と豊玉さんは顔を顰めた。会話が微妙に嚙み合わずに変な空気が流れている。

「咲子さんすみません、お仕事戻って大丈夫です」

「あ、では失礼します。ごゆっくり」

「出前もいいけど彼女さんにちゃんとしたもの作ってもらって栄養つけないと！」

何度も言うが、悪気がないことは分かっている。彼女たちの押し付けは今に始まったことではない。会話もあまり弾まないまま、浜岡さんたちはお茶に手をつけることもなく帰っていった。

夕飯は浜岡さんたちの差し入れで済ませた。

豊玉さんの煮びたしは優しくほっとする味で非常に美味しかったが、松岡一が「うっめぇ」と声をあげることはなかった。心なしか、咲子さんも口数が少なかった気がする。

片付けを咲子さんたちに任せて、ソファに腰かける。仕事にも行かず、家事もせず、ただソファにいるだけなのに、あっという間に一日が過ぎていく。ブログでも書いてみるかとスマホを手に取った時だった。

「咲子、元気出せよ」

洗濯物を畳む松岡一が話を切り出した。

「気にしてんだろ、昼間の。あからさまに色目遣ってたもんな」

「なんの話？」

「豊玉さん、キンピラの！　ジロッジロ咲子のこと見て『こんな子が高橋さんの恋人？』みたいな。『なら私でもいけるじゃない』的な！」

松岡一が憤りを剝き出しにする理由が、咲子さんは呑み込めていないらしい。

「大の大人に可愛らしいって、本当に可愛いと思ってる奴には言わねぇ言葉だし！」

「え、そうなの？」

「そうだろ！　無駄な寂しいアピールもそう！　ちゃんとしたもの食べなきゃ〜って、完全ピザの箱見て言ったろ？　感じ悪《わり》ぃ〜。あんなの気にしなくていいからな！」

「……気にするっていうか、全然気づかなかった」

「は？」

懸命に慰めていたつもりが相手に全く刺さっていなかったと分かり、彼は拍子抜けしているようだ。咲子さんのアンケート用紙には、『自分に向けられた恋愛的アプローチに気づかなかったことがありますか？』という問いに、『はい（周りに言われるまで分からない）』とあった。

僕は恋愛の類に警戒心もあるのでそういったアプローチに気づくことができるが、彼女はそうではないようだ。誰とでもフレンドリーに接することができるのが彼女のいいところだが、だからこそ、予期せぬ勘違いやすれ違いを生んできたのだろう。

「なぁ、自分の男に色目遣われて嫉妬したり焦ったりしねぇの？」

「焦る？　なんで？」

「なんでって、人の物に手ぇ出そうとしてるわけじゃん、敵じゃん！」

「高橋さんは私のものじゃないし、そもそも物じゃないし。ご飯の差し入れ実際ありがたかったし。え、恋人って相手を独占するってことなの？」

「や、それがイコールじゃねぇけどさ」

「ていうか私より、高橋さんのほうがつらかったかも」

「は？　なんで高橋さんが出てくるんだよ」

「だって、嫌ですよね。恋愛対象に自分が入っている感じ？」

「大丈夫です、いつものことですから。豊玉さんが離婚されて浜岡さんのお節介が加速しただけで」

松岡一は、ドカッとソファに腰を下ろして「はぁ～」と息を漏らした。

「……マジで分かってねぇんだな、恋愛が」

「やっと分かりましたか？　あなたの言う『カップルみ』は僕らにはないんです」

彼の中で腑《ふ》に落ちたらしい。しかし、まだ気になっていることがあるようだ。

「ん？　じゃあなんで咲子は浮かない顔してんの？」

「……それは」

咲子さんは喋るべきか一瞬躊躇《ちゅうちょ》していたが、すぐに椅子に座り直した。

「丸山くんの企画が好評で、その流れを汲《く》んだ『恋するクリスマスフェア』をまとめてるんですけど……恋にちなんだフェアって、ピンと来なくて」

「なるほど」

「自分のこと、モヤモヤっとしてる時は受け流せたんですけど。でも今は色々考えてしまって」

「考える？　何を」

松岡一が首を傾げる。

「恋愛にまつわるフェアって多いじゃないですか」

「はい。バレンタイン、ホワイトデー、商業のために作られた恋愛的イベントばかりです」

スーパーのイベントはカップルかファミリー層に向けられたものばかりだ。

「私、今日もずっと恋について調べてて、でもやっぱりピンと来なくて。ぐるぐる考えてたら恋愛しない私が担当していいのかなとか。この仕事向いてないのかとか考え始めたらドヨ〜ンとしてしまって。頑張ってるんですけど、うまくいかないなって」

どんな言葉をかけても気休めにしかならないだろうし、かといって受け流せるほど話は軽いものではない。どう話を切り出すか迷っている間に生じた沈黙を破ったのは松岡一だった。

「よし、ハニトーだ」

「は？」

「今の咲子には、ハニトーが足りない」

松岡一はスマホで何かを検索し始めた。初めて聞く単語だったが、どうやら咲子さんと松岡一の間では通じている言葉らしい。彼のスマホの画面に映し出されたものから察するに、ハニトーはアイドルグループのようだ。そういえば喫茶店で、咲子さんが「彼と好きなアイドルが同じだった」と話していたっけ。

「なんで今、ハニトーが出てくるわけ？」

「だからハニトーのハッピーオーラでくだらねぇ考え吹っ飛ばすんだよ。なぁ、どの曲がいい？」

「くだらないって」

咲子さんはムッときたようで口を尖らせたが、いつになく真面目な顔で彼は話を続ける。

「企画部のオッサンたちが女子力フェアとか美容フェアとか本気で理解できてると思うか？」

「え？」

「絶対できてないから。みんな『こういう感じだろ』って分かった気になってやってるだけ！」

「私は分かった気は嫌！　喜んでもらいたいの！」

「だからそれでいいんだって。分かる分からないの前にその気持ちが大事なんじゃねぇの？　本気でお客さんを喜ばせようって考えられる奴が企画の仕事に向いてないはずなくね？」

今日初めて、咲子さんに松岡一の言葉が刺さった。傍で見ていてそれが伝わった。

「前にさ『なんでハニトーが解散したんだろ』って話したことあったろ？　人気ないからとか、イジメとかファンの嫌がらせとか子供できちゃったとか色んな噂があってさ。そしたら咲子言ったよな。『噂を気にしてても仕方なくない？　私たちにできるのはハニトーの幸せを願うことで、今みんなが幸せならそれでいい』って。そういう風に誰に対しても思えるのが咲子のいいところで、そういうところが俺は……」

「好き」という言葉を呑み込むのが分かった。

「とにかく咲子なりの『恋するフェア』でいいんだよ。上からボツ食らったらまた考えりゃいいんだし、なんなら俺手伝うし！」

この人は、本当に咲子さんが好きなんだろう。そして、本当に悪い人ではないのだろう。彼女に対すること全てが全力だ。

「精神論は好きではないですが、一理はあるかと」

僕が同意すると「ですかね」と、彼女は小さく独りごちた。

「はい。それに恋愛至上主義の人たちは勝手になんでも恋愛補完してくれます。まずは納得いくものを」

「はい！　ギリギリまで悩んでみます」

何かがふっきれたようで、彼女にいつもの笑顔が戻る。どよんとしていた部屋の中が心なしか明るくなったような気がした。

「よしハニトー浴びてパワー貰うか！」

「うん！　貰っちゃおう！」

松岡一のスマホから大音量で音楽が流れ始めた。画面の中ではアイドルたちが息の合ったダンスを披露している。咲子さんも彼もその踊りを覚えているらしく曲に合わせて歌って踊っている。この音楽は僕の趣味ではない。だが、こうやって誰かと聞く分には悪くないかもしれない。僕は楽しそうに踊る二人をしばらく眺めていた。


奇妙な共同生活の開始から数日経ったある日。

在宅ワークを続けていた咲子さんだったが、この日は久しぶりに出社することが決まっていた。身支度をしながら、咲子さんは不安そうに僕らを見やっている。

「本当に大丈夫？　二人で」

「お偉いさんへのプレゼンだろ？　急げよ」

「そんなに心配しなくても僕らは大丈夫です」

腰の痛みが治まり、壁をつたえば、なんとか自分で動けるようになってきていた。自分だけの力で歩く僕を見て、彼女は少し安心したようだった。

「ですよね、もう仲良しですもんね！　いってきます」

笑顔で去っていく彼女を見送り、僕らは各自の時間を過ごした。彼は掃除を、僕はソファに腰かけて読書を始める。だが一人の時間はそう長くは続かなかった。

松岡一が淹れたての紅茶を持って僕に近づいてきた。

「ありがとうございます」

紅茶を受け取っても、彼はその場を動かず険しい顔で僕を見つめていた。

「あの、まだ何か？」

「もう一度だけ確認しますけど……高橋さん、本当に咲子に気がないんですか？」

「何回同じことを質問すれば気が済むんですか」

「だって！　普通の恋愛じゃないってのは分かったけど、やっぱ俺から見ると二人はいい感じで」

また彼の「納得したがり」が始まった。仕方なく僕は本を閉じ、彼と腰を据えて向き合う。

「ひとつお訊ねしますが、普通の恋愛とは？」

「だからお互い好きになって、告って〜まぁ、キスしてその後も……ってそういうのしたカップルですよ。昔っから人類が行ってる行為ですよ」

「恋愛の価値観など、時代と場所によって変化するものです。そもそも、恋愛という言葉が我が国で生まれたのは明治時代。それまでは、その価値観さえ存在していなかったと言われています」

「え、マジすか」

「諸説ありますが。とにかく、このように元々流動的で常に変化し続けている事柄に、全ての人間を当てはめようとするほうが無理な話なんです。そもそも人のためにとか、普通になるためにとか、恋愛って義務的にするものなんですかね？」

つい早口で畳みかけてしまったのだが、彼は目を輝かせて身を乗り出してきた。

「高橋さん大学どこっスか」

「は？」

「頭いいから、すげぇ大学出てんのかなって」

彼の反応はいつも予想の斜め上だ。

「で、どこスか？　早稲田？　慶應？　もしかして東大スか？」

「農学……農業について学んでいました。大学ではなく専門学校ですが」

「そうなんですね。俺、高橋さんが言うこと、なんか、結構納得することが多いっていうか」

「それは、よかったです」

きちんと会話ができているのか、変に話の腰を折られているだけなのか。正直不安も残るが、好意的に受け止めてくれているようなので良しとしよう。

「あの、俺、咲子を理解するために、あと何を知ればいいんですか？　何すればいいんですか？」

彼女を理解したくてもがいている。助けを求めていることだけは伝わってくる。お節介はかなり苦手なジャンルだが、なぜだか彼に何かしてあげたくなってしまった。僕はある提案をしてみる。

「出前が続くのはアレですし、夕飯、作ってみたらどうですか？」

「夕飯、俺が？」

「一気に何かを理解しようとしても失敗しがちです。まずはできることから、どうでしょうか？」

「なるほど！　やっぱ、高橋さん頭いいわ〜」

話し合いの結果、彼が選んだメニューはロールキャベツだった。高校の家庭科以来初めて料理を作るらしい。料理もせず、どうやって一人暮らしをしているのか謎だったが、彼の口ぶりから察するにその時付き合っている恋人に作ってもらうことが多いようだった。台所に椅子を運び、横で僕が指示を出しながら料理を進める。想定の倍の時間がかかったがなんとか形になりそうだ。

ふと幼い頃にこうしておばあちゃんと料理をしたことを思い出した。その時は椅子に座っているのがおばあちゃんで、台所に立つのが僕だった。おばあちゃんとの記憶は鼻の奥がツンと痛くなるので思い出すことを避けていた。でも今日は若かりしおばあちゃんの笑顔が浮かび、胸がジンとなるだけで悪い気はしなかった。

「はぁ？　意味分かんねぇ！　トマトで煮てあるやつだろ、普通」

ロールキャベツを煮込みながら松岡一は不貞腐《ふてくさ》れている。

「また普通を押し付けて。我が家ではコンソメ味なんです。今そのレシピで作っています」

「ここにケチャップぶっこめばいいんじゃん」

「あなたがしようとしている行為は、一生懸命ドミノを並べた最後の最後、そのうえででんぐり返しするのと同じです」

「や、尚更《なおさら》意味分かんねぇし、そのたとえ」

「……あ、あの」

いつの間に帰宅したのか、咲子さんが台所に立っていた。

「おう、おかえり！」

「おかえりなさい」

咲子さんは状況が呑み込めず、僕と彼を交互に眺めている。

「で、どうだった？　プレゼン」

「いい感じだった！　大事な人と美味しいもの食べてほしいって気持ちぶつけたのがよかったのかも」

「そうですか。お疲れ様でした」

「じゃあ着替えてこいよ！　飯にしよう」

今日の献立はロールキャベツに卵スープ、トマトサラダ。全て松岡一が作ったものだった。

「美味しそう！　これカズくんが？」

部屋着に着替えた咲子さんは並んだ料理を前に、子供のようにはしゃいでいる。咲子さんが笑うと松岡一も笑顔になる。

「今日高橋さんと色々話してて……俺、咲子の役になんか立ちたいなって思って。で、高橋さんに作り方教えてもらって」

「僕は口を出しただけです」

「料理って面白いけど、やっぱり面倒くせぇな。咲子にチャチャッとなんか作ってとか言ってごめんな」

「ううん。でも初料理でロールキャベツって結構攻めたよね」

「咲子、好きだろ」

「好き。え、なんで知ってるの？」

「前に飯食いに行った時、ロールキャベツ定食売り切れでめっちゃへこんでたじゃん」

ロールキャベツにこだわったのは、これが理由だったのか。

「よく覚えてるね」

「そりゃ覚えてんだろ」

口には出さなかったが、彼が呑み込んだ「だって好きなんだから」という言葉が僕にははっきり聞こえた。

「冷めないうちにいただきましょうか」

「はい、召し上がれ！」

手を合わせて「いただきます」を言うと、咲子さんは大胆なサイズにロールキャベツをカットして、口に入れた。目を瞑り口の中をいっぱいにして、モグモグ味わっている。

「どう？」

松岡一の問いに、咲子さんはにっこりと笑い、頷いた。

「よっしゃ」

「美味しい！　ですよね、高橋さん」

「はい、初めてにしては上出来です」

味付けは僕のレシピだ、申し分ない。大きめに刻まれたにんじんと玉ねぎもいいアクセントになっている。

「もっと『褒め』ください。俺、褒められて伸びるタイプなんで！」


ふわりと温かなものが、身体を包み込んだ。

それはおばあちゃんが愛用していた膝かけだった。咲子さんがソファで寝そべる僕にかけてくれたのである。いつの間にかうたた寝をしていたらしい。

ロールキャベツを絶賛されて上機嫌の松岡一は、その後、ご飯を二杯もおかわりした。彼につられて僕も咲子さんも食が進み、食後の梨を食べ終えた頃には満腹感と共に眠気が身体に満ちていた。いつ横になったのか覚えていないが、祖母以外の前でこんなに無防備になったのは初めてのことだった。薄目を開けて様子を窺うと、松岡一がズボンで手を拭いながら台所から出てくるところだった。夕飯の片付けを終えたようだ。

「ありがとね、ロールキャベツ美味しかった」

「まぁ、俺基本出来る男だからさ」

「褒め」を受けた彼は明らかに調子に乗って浮かれていた。咲子さんはそれを微笑ましそうに見つめている。

「最初どうなるかと思ったけど、楽しいよ。高橋さんとカズくんと一緒に過ごすの」

「俺もあの人、嫌いじゃねぇよ」

「よかった」

「てか、気づいたよ。あの人と話してて、俺ってなんも知らなかったんだなって。世の中のことも。咲子のことも」

「え？」

「そのアロマンティック・アセクシュアルっていうの？　俺、まだ完璧には分かってねぇけど、これからもっと知ってきたいっていうか」

無理解で非常識な男だと思っていたが、納得できれば物分かりがいいというのは本当だったのかもしれない。対話により、人がここまで変化できるのかと、寝たふりをしながら僕は少し感心していた。

「やっと納得できてきたっていうか……恋愛抜きの家族っていうのもありなんだなって」

「……カズくん」

その時、松岡一がぐっと咲子さんに近づき、接触するのではないかというくらい顔を彼女に寄せた。

「だからさ、俺でもよくない？」

「え？」

「俺やっぱ咲子といると、なんかいいんだよ。気も趣味も食うもんも合うし」

彼の物分かりのよさが、全く予想しない方向に展開されてしまい、咲子さんは明らかにうろたえている。

「カズくん、だから私」

「キスもセックスもしない、触ったりもしない！　したくなったら外でしてくる。いや、自分でするから。だから恋愛抜きで家族になるの、俺でよくね？」

咲子、お別れをする

恋とか愛とかセックスとかから無縁な関係。恋愛・性愛抜きの家族。

自認する前から、多分ずっと心の奥底で求めていたものだったんだと思う。その求めていたものを、高橋さんと出会い半ば強引に家族カッコ仮という形で手に入れた。けれど、まさか今他の人から、しかもカズくんから提案される日が来ようとは。驚きのバロメーターが振り切れ過ぎて、言葉がうまく出てこない。

「え、ていうか、俺が駄目な理由、ある？」

「それは……」

「ほらない！　ないんだろ？　俺、絶対咲子を幸せにするから！」

「カズくん、待って、あの私」

「俺、転職して咲子と出会って、なんつぅか……ずっと『運命』感じてんだよ」

運命というワードに、急に胸がザワつく。

「や、でもあのねカズくん、でも」

「まだ返事はいいから」

カズくんは私にこれ以上喋らせまいというように、言葉を重ねてくる。

「俺ガンガン変わるから、それ見て判断して。それまではお互い、いつも通りでいこう」

いつもの圧とは違う彼の勢いと、何よりそのまっすぐな目に、思わず視線を逸らした。逃げるようにソファのほうに目を向けると、そこで寝ているはずの高橋さんと目が合った。彼は何事もなかったかのように、すぐ目を閉じて狸寝入《たぬきねい》りを決め込もうとしている。

「え!? いやいやいや、高橋さん?」

高橋さんは観念したように目を開いた。

「なんでしょうか」

「あの、いつから聞いてましたか?」

「これ、かけていただいた時から」

高橋さんは毛布を触りながら気まずそうにしている。カズくんは大袈裟に天を仰いで苛立ちを露《あら》わにした。

「ありえねぇ、盗み聞きスか」

「聞きたくて聞いたわけでは。咲子さん」

「あ、はい」

「悪い話ではないんじゃないですか」

「え?」

「彼と家族になるのも」

「え!?」

「『運命』は僕が『奇跡』と並んで嫌いな言葉ですし、あくまでも君が本当に性的接触や恋愛感情を求めてこないならば、ですがね」

高橋さんの思わぬ援護に、カズくんは嬉しそうに顔を緩ませている。

「え、でもそしたら」

「申し訳ないですが、僕は多分彼ほど咲子さんのことを考えたり幸せを願ったりはしないです」

「え、本当スか？　だってよ、咲子！」

カズくんはご満悦という感じで私の肩をバンバンと叩く。

「決めるのは咲子さんですから、お好きなように」

のそりとソファから起き上がる高橋さんに、カズくんが慌てて駆け寄って支える。二人はそのまま二階へとあがっていった。「私たちの家族カッコ仮はどうなるの？」と問いかけたかったが、言葉にならず、代わりに深いため息が漏れた。

なんだかどっと疲れた。こういう時は寝るに限る。

そう思い、ベッドにダイブしてみたもののカズくんの提案、高橋さんの発言に悶々《もんもん》として寝つけない。枕元にあるランプに手を伸ばし、シェードの柄を指でなぞる。これは千鶴とルームシェアをしようとした時に購入したものだ。

さっきカズくんに「運命」と言われた時も、彼女のことを思い出していた。頭の奥で「咲子も早く誰か、運命の人に出会えるといいね」と言った千鶴の言葉が蘇ってくる。ランプから離れて、ゴロゴロと身体を動かしながらスマホの写真フォルダを開く。ちょっとスクロールするだけで千鶴の写真が何枚も出てくる。その中に鏡越しに爆笑する私と千鶴の姿があった。

閉店後の美容室で、千鶴に髪を切ってもらった時のものだ。

たしか職場で合コンに誘われて断るのが大変で、私はちょっとしんどくなっていた。それを、髪を切ってもらいながら彼女に愚痴っていたのだ。

「なんか、ごめんね」

千鶴は、手際よく鋏《はさみ》を動かしながら鏡越しにこちらに目をやる。

「ん？　何が？」

「だって私、前にも同じようなこと話してたよね、恋愛ってよく分からないって」

「ん〜、まぁそうだね」

「話しても別に解決することじゃないし、面白くもないし、こうやっていっつも気分転換に付き合ってもらって、なんか悪いなぁって」

「は？　何言ってんの」

くだらないというように千鶴は息を吐く。

「何度だって話せばいいじゃん。話したいこと話せなくて、何が友だちだって感じだし」

照れくさくなることをサラッと言ってのける千鶴が大好きだった。

嬉しくて、照れくさくて、私は鏡に映る自分たちにスマホのカメラを向けた。突然写真を撮られて千鶴は「ちょっと?」と声を低くする。その反応がおかしくて笑ってしまう。

「あ、ごめん。なんかこの瞬間を残したいなって」

「なんだそれ」

ツッコミながらも、千鶴も笑っている。

「ほら前髪切るから」

わざとらしく鋏を動かしながら、千鶴が前髪に手を伸ばしてきた。

「ちょっとそんなふざけた状態で前髪は冒険し過ぎでしょ!」

「じゃあ、とりあえず撮るのやめて!」

あの時の私は、しばらく千鶴と笑っていたくて、わざと何枚も写真を撮り続けたのだ。その時の何十枚もの写真がスマホの画面を埋め尽くしている。ルームシェアの一件まで、悩み事を話す相手は千鶴と決まっていた。たとえ悩み自体が解決しなくても、彼女と会って話せば心が晴れた。千鶴は小さなご褒美だった。

カズくんからの提案、高橋さんに言われたこと。本来ならば千鶴に相談すべき案件で、自分だけで抱えて答えを出す自信がない。先日、実家に届いた蟹のお礼を千鶴にＬＩＮＥしたけれど、ブロックされているのか既読にならず、それ以来コンタクトは取っていない。酷いことを言われたし、されたという自覚もある。

でも今、猛烈に千鶴と話したかった。

スマホの電話帳を開き、意を決して千鶴に電話をかけることにした。気まずさはあるが、案外これをきっかけにまた関係が元に戻るかもしれない。だが、そんな私の淡い期待は、スマホから流れてきたアナウンスにより打ち砕かれた。

「この電話番号は現在使われておりません」

何かの間違いかと思ってかけ直しても同じアナウンスが流れる。布団に顔を埋《うず》めて「えええ」と声をあげてしまった。最悪だ、また悩みが増えてしまった。

次の日、仕事から帰ると机には近くのお弁当屋さんの弁当があった。

カズくんは今日も夕飯を作ると意気込んでいたようだが、家中の窓と網戸を掃除して、そこで力尽きたらしい。「これだけは手作り」と申し訳なさそうにお味噌汁を出してくれた。そんな顔をする必要はない。お味噌汁は凄く嬉しいし、夕飯が用意してあるだけでもありがたい。そんなやりとりを少し交わした後、自然と会話は途切れた。千鶴の一件が気持ちを沈ませていて、口まで重くなっている。

「え〜、そういう感じスか？」

シンとなった雰囲気を変えたのは、やっぱりカズくんだった。彼は得意のジトッとした目で風呂上がりの高橋さんに近づいていく。高橋さんは私が弁当を食べる近くで読書をしていた。

「そういう感じとは？」

「だから昨日咲子に『お好きなように』とか言ってたのに結局気にしちゃってる感じスか？」

「は？」

「だって高橋さん、さっきから咲子のことチラチラ見てるけど声かけねぇじゃないですか！」

不意をつく発言に思わず高橋さんに目を向けると、彼は激しく首を振っている。

「昨日のことを云々《うんぬん》する気は」

「じゃあなんでチラチラ見てんスか。咲子が元気ないからスか？」

元気がないことを見抜かれていたのか。嘘がつけず顔に出やすい自分をわずかに恨んだ。

「俺はぶっちゃけ嬉しいよ、咲子」

「嬉しい？」

「だってガチで俺のことで頭いっぱいにしてくれてるんだなって。あ、玉ねぎの味噌汁どう？　咲子好きだから初めて作ったんだけど」

「あ、うん凄く美味しい」

「だろ？　俺も味見して自分の才能にビビったもん」

カズくんは会話中どんどん話題が飛んでいく。私は慣れっこだが、高橋さんはさっきから眉間にしわを寄せている。

「いや、あのね、その件も考えてはいるんだけど、今はちょっと別のことで頭いっぱいというか」

「は？　何、別のことって？」

「咲子さん、無理に僕らに話すことは」

「あ、いえ無理では」

「ほら無理じゃないんですって！　で、何、俺とのことじゃない悩みって」

「千鶴とのことで、ちょっとありまして……」

「たしか咲子さんが一緒に住むはずだった」

「はい、昨日電話したら、なんか『現在使われておりません』っていうことになってまして」

相槌代わりに、高橋さんの眉がぴくりと動いた。

「心配になって、昼休みに千鶴の美容室をこっそり覗きに行ったら、店長さんに気づかれて、そこで千鶴が小田原《おだわら》の店に移ったって聞かされて。なんか急に引っ越しもしたみたいで」

「男できたか、失恋とか？」

間髪を容《い》れずに言ってくるカズくんに、首を傾げてしまう。

「彼氏と住むって千鶴は言ってたけど……でもあの店気に入ってたし、何も言わずに引っ越すなんて。そんなことで今頭がいっぱいで」

黙って聞いていた高橋さんは、言葉を選ぶように口を開いた。

「まぁ、もう気にしないほうがいいのでは？」

「それってどういう意味ですか？」

「引っ越しも電話番号の件も然《しか》り、自分から離れていった人に執着しても仕方ないです。咲子さんも離れたい相手にしつこくされるの嫌ですよね？」

高橋さんの繰り出す言葉のひとつひとつが、とても重い。

「それは……そう、ですね」

「いやいやいや。ですね、じゃねえから！　それで納得できねぇからモヤってんだろ？」

「それは、まぁ」

「大事なダチなんだろ？　働いてる所、分かってんだろ？　なら会って話すしかないだろ！」

「会って、それで拒まれたら？」高橋さんの言葉に少し熱が帯びる。

「そん時はそん時ですよ！」

「無駄に傷つく必要、ありますかね？　それこそ、あなたのことを考えられなくなるのでは？」

「そん時は……俺が全力で慰めるし！」

「何も解決になってませんよ、それ」

「あ、ひっでぇ！」

彼らの言い合いに、少し前のようなトゲトゲしさはない。言いたいことを言い合える間柄になってきているようにも見える。

二人を眺めながら考えを巡らせ、私は答えを決めた。

「でも、そうですよね。たしかに『察して』ってオーラ出してる相手に会いに行くのは……うん、ありがとうございます」

高橋さんの言葉が沁みわたる。離れていった相手にこれ以上嫌われてどうする。残っていたお味噌汁を飲み干して、気持ちを切り替えるように両手を合わせた。

「ご馳走様《ちそうさま》でした！　お風呂入ってくるね」

二人の言葉を待たずに、部屋に戻った。パジャマを用意していると、襖越しにカズくんの声が聞こえてくる。

「ありゃ絶対モヤりまくりですよ」

「と、言われましても」

見なくても困っている高橋さんの表情が想像できた。話を終わらせるために飛び出そうかと思ったけれど、彼らは私を心配してくれているのだ。申し訳なさで胸の中が埋まっていく。

「高橋さん、気になってはいるんですよね？」

カズくんはどんな時でもグイグイと相手に迫っていく。それが彼の長所であり短所でもある。

「でも介入し過ぎるのも」

「……家族カッコ仮って、結構ドライな感じなんスね」

ちょっと皮肉っぽくカズくんは言う。

ドライなのだろうか。家族カッコ仮だからといって、高橋さんに寄りかかり過ぎるのも違うとは思う。でも高橋さんには頼りにしてほしいなとも思う。そもそもカッコ仮を外すにはどうすればいいのだろう。息を思い切り吐き出して、考えるのをやめた。もうこれ以上の悩みはキャパオーバーだ。

お気に入りの入浴剤を手に取り風呂場に向かう。できる限り自分を甘やかさないと、心が潰れてしまう。


入浴剤の効果は思ったより発揮されなかった。

結局、お風呂から上がった後もベッドの上でスマホに残る彼女の写真を見ては過去の記憶を巡っている。さっき答えを出したというのに、いつまでも悶々としている自分が嫌だった。まだ眠くはなかったが、寝て今日のことは忘れよう。そんな時、誰かが控えめに襖をノックした。

「ちょっといいですか」

襖がノック同様に控えめに開いた。その間から、これまた控えめに顔を出した高橋さんは表情ひとつ変えず、じっとこちらを窺っている。

「あの、どうか、しました？」

「お陰様で腰の具合、かなりよくなりました」

「よかったです。大分楽そうですもんね」

お風呂に入る時、脱衣所の洗面台が綺麗に磨き上げられていた。きっと元気を取り戻しつつある高橋さんがやったんだろうと思っていた。

「はい。彼の介助ももう大丈夫かと」

「ですね。カズくんもそろそろ会社に行かなきゃいけないでしょうし」

「ところで咲子さん、休日のご予定は？」

やけにたどたどしく高橋さんが訊ねる。

「いえ特には」

「では彼へのお礼も兼ねてちょっと出かけませんか」

「あ、いいですね。どこ行きます？」

「……小田原、とかはどうでしょう」

小田原と聞いて、高橋さんがなぜ不自然な様子だったか気づいた。

高橋さんは、私が千鶴の所に行くきっかけを作ってくれようとしているのだ。カズくんならともかく、まさか高橋さんがこんな提案をしてくるなんて、かなりの衝撃だ。

私がすぐに反応を返さないせいで、高橋さんが頭を下げる。

「ごめんなさい。回りくどいお節介ですね」

「いえ、そんなことは」

「千鶴さんに会うかどうかは、行ってから考えてもいいのではないでしょうか。では、そういうことで」

「高橋さん」

襖を閉めようとしていた彼を引き留めた。

「私のこと考えたりしないって言ってたけど……充分考えてくれています。ありがとうございます」

「僕だけじゃ絶対こんなことしてませんよ。カズくんさんがいたからです」

「カズくんさんって」

私が笑うと、高橋さんもフフッと声を漏らした。


休日、私たちは小田原へと出発した。

現地に到着するまでの間、カズくんは終始浮かれていた。手に持った小田原のガイドブックには、受験生の参考書のように沢山の付箋がついている。

「何食います？　海鮮丼とアジフライと蒲鉾《かまぼこ》に、あ、ここのアンパンも外せねぇな」

「何食、食べるつもりなんですか」

「朝飯、午前のおやつ、昼飯、おやつ、夕方のおやつ、夜飯は最低でも行くんで六食じゃないですか」

「今度は胃もたれで倒れますよ」

「大丈夫っす。そしたら俺また介護するんで」

「その介護という言い方やめてもらえますか？　しいて言うなら介抱では？」

こんなお喋りが小田原までずっと続いた。今日の高橋さんは心なしか、いつもより饒舌だ。ギプスはまだしていたけれど、三角巾が外れて、身体の自由が利くことが嬉しいのもあるかもしれない。

駅の売店で冷凍みかんを見つけて、子供のように目を輝かせていたし、ブログ用なのか、電車の写真も何枚も撮っていた。

「てか高橋さん、可愛いっスね」

高橋さんの変化にカズくんも気づいていたようで、それが嬉しいのか、自撮り棒にスマホを固定しながら、更にはしゃいでいる。

「ず〜っと電車でニコニコ窓の景色見てて、胸がトゥンクってなりましたよ」

「トゥンク？」

高橋さんが怪訝《けげん》そうな顔をする。

「久々に乗ると楽しいですよね」

私に同意しながら、高橋さんは小田原の街を見回して言った。

「ですね、遠出するのは修学旅行ぶりなので」

「修学旅行!?」

ワードのインパクトが強烈過ぎて、私とカズくんはつい声が大きくなる。

「そんな驚くことですか？」

「あ、ごめんなさい」

「謝ることでは。祖母が腰を痛めてからは遠出が難しくなって。咲子さんはよくご旅行を？」

「私は毎年家族で温泉旅行に」

「温泉、いいね！　明日休みだし、今日行っちゃう？　なんなら旅館でも泊まっちゃう？」

「いいね！　楽しそう」

「その場合はお二人でどうぞ」

高橋さんはやんわりと提案を拒んだ。

「僕は、温泉はちょっと」

「あ、ですよね」

「盛り下げてすみません」

「や、そんな」

また無配慮なことを言ってしまったと落ち込む暇を与えることなく、「あ〜〜！」と、カズくんが遠くを指さした。

「おぉ城だ！」

「はい城ですね」

「城、城！　ほら見てください、城」

「何回城って言うんですか」

「よ〜し！　城で気持ちアゲて戦《いくさ》に臨むぞ咲子！」

自撮り棒で私たちを撮影しながら、彼は小田原城に向かい、駆けだしていった。

「カズくんさん、いい人ですね」

小田原城のお堀端に佇み、高橋さんはアンパンを頬張った。甘いものはそれほど得意ではないらしいが、あんこは別らしい。

「はい、とっても」

「咲子さんと似てますし、陽気レベルが」

「なんですか、そのレベル」

百パーセント褒められているわけではないことがなんとなく伝わるワードチョイスに思わず笑っていると、「咲子〜」と三人分の飲み物を持って、カズくんが戻ってきた。持ち方が不安定で手がプルプルしている。

「ちょっと頼む〜」

「あ、待ってね！」

飲み物をひとつ持ってあげると、カズくんはカップを確認して「お、ナイスチョイス」と口角をあげた。

「それ咲子のほうじ茶ラテな。好きだろ」

「うん！」

ロールキャベツといい、玉ねぎの味噌汁といい、カズくんは人の好物をよく覚えていて感心する。カズくんは本当に気が利く人だ。

「飲んだら登っちゃいます？　城！　三人で城攻めしちゃいましょうよ！」

「なんだかいつもより高いですね、陽気レベルが」

そう言って、ふぅふぅと紅茶を冷ます高橋さんにカズくんは急に得意そうに鼻を膨らませる。

「そりゃ好きな奴と遊びに来てるし。それに俺、割と喜んでるんで」

「喜ぶとは？」

カズくんは高橋さんから私に目線を移して、にんまりと白い歯をこちらに向けた。

「咲子が千鶴って子に連絡したのって、俺のこと相談したかったんだろ？　タイミング的に」

「え、あ、まぁ」

カズくんの想像通りだった。でもつい返事を濁してしまう。

「そんな悩むってことは、まんざらでもねぇってことだもんな！」

「あ、いや」

「いいからいいから、俺のことは後回しで！　まずは友だちとのこと解決して、その後、俺のことで頭いっぱいにしてくれよな！」

あまりにも屈託なく笑うから、ただ「うん」とだけ頷いた。変なことを言って、悲しい顔をさせたくなかったから。高橋さんはそんな私に何か言いたげにしていたが、結局声をかけられることはなかった。

小田原城探索を終えて、とりあえず美容室の前まで行ってみることになった。カズくんが昼ご飯に選んだ店に行く途中に千鶴の店があったからだ。

まず店を確認するだけ。そう思っていたのに、いざ前まで来ると足が動かなくなった。せっかくお膳立てしてもらったのに、ここで立ち去ってしまっていいのだろうか。

「このまま会ってくるか？」

カズくんに促されても、正直なところ、自分でもどうしたらいいか分からない。黙っていると高橋さんが助け舟を出してくれた。

「嫌ならば無理に会わなくてもいいと思いますよ」

「や、嫌では……その……心の準備が」

「んじゃ、やっぱり一旦、なんか食いに行くか？」

そうしよう。それに高橋さんの言う通り、心の準備ができなければ会わずに帰ってしまえばいいのだ。去っていった相手に会うというのは、結局私の自己満足でしかないのだから。そんな風に自分に言い訳していると、美容室の扉が開いた。

「うん、髪色いい感じです」

聞きなれた声が響く。

「ありがとうございました、お気をつけて」

千鶴だった。彼女の姿を見て、ほっとしている自分がいた。お客さんを送り出す千鶴が、私の大好きな顔で笑っていたから。私に気づいて一瞬強張らせた表情も、千鶴はすぐにまた和らげた。彼女より絶対覚悟が決まっていたはずなのに、私のほうがアタフタとしてしまい、ぎこちない笑顔で手を振ることしかできなかった。


千鶴は海風に当たりながら、前髪をかきあげている。前会った時より随分髪がすっきりと短くなっていた。

高橋さんとカズくんには先にお昼を食べに行ってもらっている。私たちは美容室から少し歩いた所にある海辺に移動してきたのだけれど、その間、何も言葉を交わすことができなかった。会えば、元通りになるかも、なんてまだ薄《うつす》ら甘く考えていた自分を張り倒したい。仕事場まで押しかけておいて、沈黙を破る役目すら果たせていない。

私は勇気を奮い立たせてから、乾燥した唇を二度舐めた。

「ごめん、急に」

って」

「前の店の店長から『咲子が店に来た』って聞いてたから……いつかは、こうなるかなって」

千鶴はコートのポケットに両手をつっこみ、遠くを眺めている。こんなに寒いのにサーフィンを楽しむ人の姿が豆粒のように海に浮かんでいる。


「あの、ごめん」

「謝ることないって」

「でもごめん、仕事中なのに」

「お昼の休みもらったから」

「そっか……あ、あの蟹ありがとう」

「こっちの店来る前に、北海道行ってきて」

「あ、そうなんだ。いいね、北海道」

「うん……」

私はずっと千鶴を見つめていたけれど、一度も目が合うことはない。やっぱり来るべきじゃなかった。鼻の奥がツンと痛む。目の奥が熱い。でも泣くのは違うと感じていた。

「あの、電話変えたよね。引っ越しもしたって聞いて。だから何かあったのか気になって。察しろってことなのかもしれないけど……その、彼氏さんと何かあった？」

「彼氏なんていないよ」

「えっ、でも前の彼氏と一緒に住むって」

「あれ、嘘」

嘘と言われても、はいそうですかとは到底なれない。恋人との復縁が、ルームシェア解消の理由だったはずだ。彼女の幸せのためだと、ずっと自分を納得させてきたのだ。

「ってことはアレかな。私が何かしたんだよね？　千鶴に嫌われること」

「逆だよ」

「え」

千鶴はブーツの先で砂を押し、小さな山を作りながら言った。

「好きだから、離れたの」

何を言っているのか、よく分からなかった。

「私の中でね、咲子って、なんだろうな……お弁当の唐揚げ的な感じで」

「唐揚げ？」

「うん。唐揚げ。いるだけで、パッと気持ちが明るくなれる最高の存在で」

「それは、私もだよ」

「ううん、違ったの」

千鶴が足元に作る砂の山は、どんどん大きくなっていく。

「私、多分違うって感じてたのに、ずっとそこに目を向けずにいたっていうか。一緒に住もうって言った時もね、咲子と一緒なら楽しいだろうなって本気で思ってたんだよ」

目線は一向に交わることはなく、千鶴はずっと砂を蹴っている。

「でも部屋を見に行った時、ベランダで咲子を抱きかかえた時……急に分かったの。あ、好きなんだって」

好き？

「好きって、分かる？　恋愛的にってこと」

恋愛的？

「……全然気づかなかった」

「そりゃそうだよ、私も気づかなかったんだから」

彼女が今どんな気持ちなのか、理解はできない。でも全身全霊で話を聞きたい。千鶴の気持ちを全部受け止めたい。そしたら何かしら分かることがあるかもしれない。

「咲子は恋愛に興味ないって知ってたし、気づいたからってどうこうする気もないし、このまま一緒に住んじゃえばいいかなとも思った。でも部屋を決めた時、咲子言ったでしょ？『恋とか愛とかメンドいことがなんもない、私たちの城』だって」

たしかに私はそんなことを言った。千鶴も同じ気持ちだと思い込んで、浮かれていた。でもあの時に私と千鶴の共同生活計画は既に終わっていたんだ。

「咲子が望んでないもの、胸《ここ》に抱えたまま一緒に住むなんて、ううん、今までみたいに一緒にいるなんて、できない……そう思ったから離れたの」

千鶴の目は潤み、日を浴びて光る海を反射している。

「だから今、咲子が来てくれて最高に嬉しいし……最高にしんどい」

海辺に来て、初めて彼女は笑ってくれた。でも、それは私の大好きなそれとは違う。苦しそうでつらそうで、思わず目を逸らしたくなるのを必死に堪えた。

「自分勝手でごめんね。沢山傷つけて」

そんなことないと、思いきり首を振った。

「私、千鶴には本当に感謝してる。私もあの後ね、自分がなんなのかハッキリしたっていうか、やっぱり恋愛は、私は無理で」

千鶴と初めて目が合った。

「でもね恋愛要素抜きで家族になろうとしている人がいて……あ、さっき一緒にいた人なんだけど」

必死だった。彼女と見つめ合えたことで、また彼女と繋がれるかもしれないという淡い期待もあった。お互いの気持ちを素直に伝え合えば、元通りになれるかもしれない。前のような、くだらない話も真面目な話も全部ぶつけあえる関係に。

「えっと、だから、だからじゃないんだけど、私たち、また友だちに戻れないかな。私の中で、本当に千鶴って大きくて……お弁当で言うと、えっと」

「無理にお弁当にたとえなくていいから」

千鶴は苦笑しつつ、また前髪をかきあげた。

「あ、ごめん」

「それと、ごめん。元にはもう戻れない。今もその家族になろうとしている人に凄く嫉妬して、嫌な感情が渦巻いてる。私、咲子といても、もううまく笑えない」

嫉妬？　嫌な感情？　高橋さんと私の間には恋愛感情は一切ないことは伝えた。でもはっきりと私と彼女の間にある何かを感じた。この海と砂浜のように、近くにいても完全に混じり合うことはない、明確な壁や溝のようなものだ。

「毎日毎日、忘れるために必死なの……でも」

千鶴の目には瞬く間に大粒の涙が溜まっていった。

「でもさ、いつか気持ちに整理がついたら、都合よ過ぎるかもだけどまた咲子の髪――」

「切って！　いくらでもチョキチョキっと！」

千鶴が頷いた弾みで涙がこぼれ落ちていく。せっかくの綺麗なアイメイクが滲んでしまう。ポケットをさぐりハンカチを取り出しながら、私は話を続けた。

「あのね、私、好きなんだ。千鶴に髪切ってもらうの！　あのチョキチョキって音も。あ、もちろんそれだけじゃなく千鶴の全部が――」

千鶴は眉間にしわを作り、苦しそうに笑いながら、私を遮った。

「分かったから。好きって言わないで、お願い」

私が差し出したハンカチを受け取ることなく、千鶴はその場にしゃがみ込んでしまった。私は手を差しのべることも声をかけることもできず、ただ横に佇むことしかできない。足元の砂の山はいつの間にか崩れてなくなってしまっていた。


待ち合わせ場所に行くと、高橋さんはベンチで本を読んでいた。手の怪我のせいでページをめくる手がぎこちない。私に気づくと、本から顔をあげた。

「よく、ここだって分かりましたね」

「カズくんが、ずっと連絡くれてたので」

カズくんとのＬＩＮＥ画面には、【今ここ】という文字と共に沢山の写真が送られてきている。どれも高橋さんとのツーショットばかりだ。

「彼、マメですね」

「高橋さん、どれもいい顔！　ブログに使えますね」

「ブログに顔出しはしてませんが、でもブログのいいネタができました……あ、彼は今お土産を買いに」

「高橋さんは？　いらないんですか」

「はい、職場に持っていくと、誰と行ったんだとか色々詮索されるので」

「なるほど」

私の表情から何かを察したのか、高橋さんは本を閉じて鞄にしまった。

「いいですよ、自分語りしても」

「……今日は語れることがないんです」

「というと？」

「語れないんです。ピンと来ないから。恋とか愛とかのことが何も」

高橋さんは黙ったままこちらを見やる。きっと私が無理に笑っていることも、何があったかも、薄々感づいているのだろう。

「しんどそうでつらそうで、分かってあげたいのに……でも何聞いても分からないから、何もできなくて」

「えっ？」

「だから離れるんじゃないですか？」

「それが、今咲子さんがしてあげられることかと」

「そう、なんですかね」

落ち込みを隠し切れなかったようで、高橋さんはすまなそうに肩をすくめた。

「ごめんなさい。今言うべきって、きっとそういうことじゃないんですよね」

「あ、や」

「カズくんさんはよく分かりますよね。咲子さんのこと」

「ですかね」

「前にアロマアセクのことを勉強したいというので、本と資料をあげました。そしたら、ガイドブックみたいに付箋いっぱいにしてましたよ」

高橋さんは自分のスマホを取り出して、一枚の写真をこちらに向けた。具沢山で見るからに美味しそうな海鮮丼の写真だ。

「お昼を食べた際、写真を撮りづらそうにしていたら、カズくんさんが撮ってくれました。『俺は映《ば》え撮りがうまいから』って」

「たしかによく撮れていますね」

「はい、ブログに載せるつもりです」

画面をスワイプすると甲冑《かっちゅう》を着てポーズを決めるカズくんや、蒲鉾を試食する二人の写真が次々と映し出された。高橋さんは嬉しそうに小田原観光の写真を眺めている。

「咲子さんがいない間も一生懸命、僕をガイドしてくれました。修学旅行以来なら最高に楽しんでほしいと言って」

「いい人ですね、カズくん」

「はい、別次元過ぎて嫉妬するレベルです。それで小田原をまわりながら、僕はこんな質問をしたんです。恋愛的要素を抜いて家族になるとは、どういうことだと思うかと」

「なんて言ってましたか？」

「『多分、相手の【帰る場所になる】的な感じじゃないスかね～？』と。いい答えだと思いました。咲子さんが求める家族の形に近いかも、ですね」

高橋さんが何を言いたいのか、誰の背中を押そうとしているのか、さすがの私でも察した。ずっと保留にしていたカズくんへの答えをきちんと示す時が来たんだ。

「あの、高橋さん。私、高橋さんに謝らなきゃいけないことがあります」

私は今思っていること、自分の選択について、全て高橋さんに打ち明けた。


しばらくして戻ってきたカズくんは、両手に大きな紙袋を提げていた。

そういえば、いつも連休明けに会社に行くと彼からお菓子や何かしらの差し入れを貰っていた。どこかに出かける度にこうやって両手いっぱいお土産を買っているんだろう。カズくんは私に気づくと嬉しそうに駆け寄ってきた。

「あれ、高橋さんは？」

「帰った」

「え？」

「帰ってもらった……これからのこと話したくて」

どんな反応が返ってくるか内心ヒヤヒヤしていたのだが、カズくんはいつも通り明るく顔をほころばせた。

「んじゃあ移動すっか」

足早にどこかへ向かいだしたカズくんに慌ててついていく。

お土産屋さんから十五分ほど歩いただろうか。千鶴の時とは違い、カズくんはずっと喋り続けていた。高橋さんが海鮮丼を食べながら、魚の蘊蓄《うんちく》を沢山教えてくれたことや、蒲鉾作り体験をやりたがっていたが時間がなかったことなど、事細かく教えてくれた。カズくんと一緒にいると飽きない、退屈することがない。私と千鶴のことは、彼は何も聞かなかった。

長い階段を上って私たちがやってきたのは、海とお城が見渡せる高台だった。

目の前に広がる景色に、二人して感動して、ちょっと大袈裟なくらいはしゃいでしまう。一通りはしゃぐと、日が暮れ始めて、横にいるカズくんが西日に照らされている。

私の反応に満足そうにしていた彼は、紙袋から何かを取り出した。

それは温泉の素《もと》だった。

「土産物屋で見つけてさ！　温泉行きたそうにしてたろ？」

「だから買ってくれたの？」

彼は頷き、持っていた紙袋を近くのベンチに置いた。そして海やお城から背を向けて、私と向き合った。

「毎年家族で温泉旅行って言ってたろ？　あれ聞いた時、なんか嬉しくてさ。また俺と被ってるって」

「え、じゃあカズくん家《ち》も？」

「うん。兄ちゃんの子供生まれてからは、温泉旅館じゃなくて、温水プールつきのホテルとかになったけど」

「そこも一緒」

家族の様子も、性格も、私たちは色んなことが似ている。今、クスリと笑うタイミングまで被ってしまった。

「俺ん家、割とエリート一家っつぅかみんな頭よくて、俺こんなで……ならせめて早く所帯持てとか、旅行でしょっちゅう言われてて」

「こんなじゃないよ、カズくんは。凄く優しくて、凄く面白いし」

「いいって。そういうの照れるから。とにかく、咲子が家族になって、あの旅行の時、隣にいてくれたら最高だろうなって思ってる。あ、もちろん恋愛的なことは抜きでな」

カズくんとの未来、生活に思いを馳《は》せる。

家族ぐるみで一緒に温泉に行って、雑なご飯を毎日食べて、時々美味しいものを食べに行く。ネットで見つけた面白い動画を見て笑い合う。そんな毎日が容易に想像できた。

「私ね、カズくんに活動休止って言ってもらえて、その後も今まで通りに接してもらって、嬉しかったんだ。前の時は結構色々あったから」

「なんだよ急に」

「一緒に住んでみて、どんどん一緒が楽しくなって居心地もよくて、きっと毎日楽しいだろうなって思う。けど……」

「けど？」

カズくんは片時も目を逸らすことなく、私を見つめている。

「私カズくんに無理とか我慢とかしてほしくない」

「は？　そんなことしてねぇし」

「してないこと、ないよね」

カズくんは口ごもりかけたが、すぐに切り返した。

「いや、それは……いいんだよ！　俺それでも咲子が好きなんだから！」

「私、カズくんが好きな子としたいこと、多分何もできないのに？」

私もカズくんが好き、千鶴も好き。でも彼らの好きは私のものとは違う。私にはキスもセックスもピンと来ない。必要性を感じない。嫉妬も独占欲もない。同じ好きなのに全く違う。

「だから、俺は、そういうの全部抜きでいいって」

「私は抜き『が』いいの。『で』いいは、駄目！」

カズくんにつられて私も声が大きくなる。

「分からないけどピンと来ないけど、でも分かるんだよ！　カズくんには、そういうことがとっても大切で、そこに幸せがあるんだろうなってことは！」

「でもそれこそ咲子が一番分かってんじゃねぇの？　恋とか愛とかが幸せの全てじゃないって」

「うんそうだよ。でもね、私のために、カズくんの幸せ全部抜きにしてほしくないんだ」

今回だけは彼に流されるのも、答えを先延ばしするのも絶対にしたくない。

カズくんが大好きだから、だからこそ心からの気持ちをぶつけた。

「心から幸せになってほしいから、だから……私たち、解散しよう」

カズくんは目を見開き、何か言いたそうにしていたが、すぐに唇をぎゅっと噛みしめ、しばらく沈黙した後、こくりと頷いた。やっと私から目を逸らした彼は、また海やお城の方角に向き直ったものの、景色を見るつもりはないらしく、手すりに身体をゆだねて俯いている。

もう私とは話したくないのかもしれない。

でも私は、きちんと最後まで伝えたかった。

「ごめんね、きっとこれまでもカズくんのこと沢山傷つけたよね。私がもっと自分のこと早く分かってたら、そもそも付き合ったりも――」

「んなこと言うな！」

　顔をあげたカズくんの声は、今まで聞いたことのない大きさだった。

「俺だって咲子を傷つけてたんだろ？」

「それは……」

「どんな気をつけたって、絶対傷つけないなんて無理だから！　だからいちいち自分のせいで、とかへこむな！」

「は、はい」

　気迫に押されて、思わず背筋が伸びる。

「でも、その傷をなるたけ減らすことはできるって、俺最近やっと分かってきたんだよ。そういうの分かったの咲子のお陰で。や、そういうの抜きにしても、俺、絶対咲子のこと好きになったこと後悔しねぇから！　だから！」

　カズくんはズボンで手をゴシゴシと拭いてから、それを私に差し出してきた。

「解散しても、これで終わりじゃねぇから！」

　これで終わりじゃない。じゃあ、私、カズくんから離れなくていいの？　涙を堪えるのに必死で返事代わりに彼の手を掴んだ。彼も私の手をぎゅっと掴み、大きく揺らした。

「よし、んじゃ帰るか」

手を離した後、カズくんはお土産の紙袋を手に取った。

「そうだね。今の時間、電車混んでるかな」

階段を下りようと歩きだしても、カズくんがついてこない。紙袋を持ったまま固まっている。

「カズくん？」

「あ、やっぱり俺泊まってくわ。やっぱ旅行来たら温泉入りたいんだよね！　咲子は……行かないよな」

「……うん」

「だよな。よし、旅館予約完了！　荷物は今度取り行くから。とりあえずまた会社でな！」

カズくんはその場でスマホから宿を予約すると、私をあっという間に追い越して階段を下り始める。呆気にとられたまま「うん、またね」と、彼の背中に声をかけると、カズくんが振り返った。

「咲子！」

カズくんは顔をクシャッとさせて、全力で、ちょっと無理して笑っていた。

「俺、家族にはなれなくても親戚のおっさんくらいのポジションではいるつもりだから、だから、じゃあな！」

カズくんはそう言って手を振ると、そのまま全速力で階段を駆け下りていく。

私は彼が見えなくなるまで、その背中に手を振り続けた。一人になって空を見上げると、いつの間にかマジックアワーに染まっていた。もう少しここに来るのが遅かったら、カズくんと一緒にこの綺麗な空を分かち合えたのだろうか。

考えても仕方ないことを、私は考えながら、しばらくの間、小田原の景色を眺めていた。

電車はほとんど寝て過ごしたためか、目のあたりが腫れぼったく重い。

行きは三人でくだった坂を、今は一人で上って帰路についている。カズくんと話したくて、高橋さんに頭を下げて先に帰ってもらった。せっかくの小旅行を中途半端で終わらせてしまった申し訳なさと、数時間ぶりに顔を合わせる気まずさが同時に襲ってくる。

家の前に着き、深呼吸して玄関を開ける。心配させまいと、口を大きく開けて顔の強張りを取りながら、靴を脱いでいると、「おかえりなさい」と台所から高橋さんの声が飛んできた。慌てて台所へ向かい、玉のれんをくぐる。

「ただいま、です……って、えっ!?」

台所には蟹がいた。大きくて立派な毛ガニとズワイガニ、そしてタラバガニの足部分が大皿に鎮座している。

「帰り道、北海道フェアがやってまして。食べ比べましょう」

支度は全て済んでいたようで、コートを置くとすぐに夕飯となった。

「いただきます」

二人で両手を合わせると、高橋さんはすぐに蟹を剝き始めた。

「手を怪我している時に選ぶ食材ではありませんでしたね」

そう言う割には手際がとてもいい。私が食事に手をつけずにいると、高橋さんはズワイガニの大きなハサミを指さした。

「これどうぞ」

「あ、はい。いただきます」

「ハサミ、身が詰まってますから」

せっかくこんなご馳走を用意してもらったのに、蟹を手に取った時、頭に浮かんだのは「美味しそう」や「贅沢《ぜいたく》」ではなくて、千鶴やカズくんの顔だった。

「……チョキチョキって」

高橋さんに聞こえるか聞こえないかくらいの小さな声で口に出してみる。今日一日で起きた出来事が蘇り、蛇口をひねったように涙がとめどなく溢れてきた。拭っても拭っても溢れてくるから、そのまま蟹を剝いて口に運ぶ。高橋さんは何も言わない。黙ってやりづらそうに蟹を剝いて食べている。

いつまでも無言が続き、蟹だけが皿からなくなっていった。何も喋らないでいてくれる高橋さんは、とてつもなく優しい。

鼻をすすりながら、剝いて溜めた蟹の身を口いっぱいに頰張った。

つらくてもしんどくても心がペシャンコでも、蟹は美味しい。

咲子、次に進む

平穏って、こういうことを言うのだろうか。

力いっぱい雑巾をしぼりながら廊下を眺める。汚れを丁寧に拭って湿った床は、玄関からさしこむ光を照り返している。掃除はどちらかといえば苦手だけれども、いざ始めると力が入るし、この達成感は悪くない。

年末の休みを迎えて、私は大晦日《おおみそか》を満喫していた。

家族カッコ仮を始めたばかりの頃は、次から次へと問題が起きていた。正確には私にまつわる問題に高橋さんを巻き込んでいた。だけど小田原旅行の後は特に大きなトラブルが起こることもなく、時間がゆっくり穏やかに流れている。

あれからカズくんは週に一度くらいのペースで我が家に顔を出している。クリスマスの日には鶏《とり》の丸焼きとブッシュドノエルを持ってやってきて、ちゃっかり泊まっていったし、取引先から貰ったという苺《いちご》を置いてすぐ帰ることもあった。

高橋さんは面倒そうにしつつも、彼用のお箸を買っている様子などを見ると、そこまで悪く思っていないようだ。

「お蕎麦《そば》を取りに行ってきます」

洗濯したカーテンをレールにつけ終えた高橋さんが、財布とコート片手に二階から下りてきた。

「お蕎麦、そうか大晦日ですもんね」

見送りがてら、高橋さんの後を追って玄関まで行く。

「高橋家のお蕎麦は温かいのでしたか？　冷たいのでしたか？」

「温かいのです。月見とろろに葱《ねぎ》を散らして」

「美味しそ〜、うちはざる蕎麦です」

「ざる、寒いのに？」

「はい！　あと天ぷらを、エビとかインゲンとか、コーンのかきあげとか沢山お母さんが揚げて、それを『紅白』見ながら食べる感じで」

「感じ、ですか。なるほど」

高橋さんは財布片手に買い物に出かけていき、クリーニング屋で貰ったエコバッグに天ぷらの材料を沢山詰めて帰ってきた。

夕飯には、天ぷらとざる蕎麦が並び、私たちは紅白を見ながら蕎麦を堪能《たんのう》した。天ぷらは私がさっき言った具材の他に、ブロッコリーやエリンギも並んでいる。天ぷらの材料だけでも、それぞれの家の色が出て面白い。

「高橋さんは年越しもうどんかと思ってました」

「はい。そうするつもりです」

「というと？」

「僕的には夜が更け、除夜の鐘を聞きながら食べるものなんです。年越し蕎麦というものは」

蕎麦を食べる時間帯について、今まで考えたことがなかった。兒玉家では大晦日の夕飯に食べるのが年越し蕎麦だったのだ。

「細く長く生きるなんて言いますけど、なんで両方取っちゃいけないんでしょう。太く長くだっていいじゃないですかね」

高橋さんの言葉に、思わず今食べている蕎麦を見て首を傾げた。

「えっとじゃあ、このお蕎麦はなんなのでしょうか」

「咲子さん的には年越し蕎麦。僕的には……いつもの夕飯ですね」

「……なんか気を遣ってもらっちゃったみたいで」

「どちらかというと気を遣ったのは、『梅蕎麦』のおじいちゃんにですかね。多分僕が年越し蕎麦を買いに行かないと、とても悲しむので」

「『梅蕎麦』……あぁ帰り道にあるあのお店！　じゃあこのお蕎麦って、いつもお店の前に座ってるおじいちゃんが」

「はい、いつもお店の前に座ってクロスワードパズルをやっている、眉毛の繋がったおじいちゃんが作った蕎麦です」

店の前を通る度、いつも個性豊かなおじいちゃんだなと思っていたが、まさか高橋さんと知り合いだったとは。

「高橋さん、顔広いっていうか商店街のおじいさんおばあさんたちに愛されてますよね」

「愛されているのは祖母ですね。僕へのお節介が多いのも、そのせいです。ご馳走様でした」

高橋さんは手を合わせてから食器を重ねて立ち上がった。

「ではお風呂に入って休みますね」

「え？　紅白、最後まで見ないんですか」

「除夜の鐘が鳴る頃にまた起きます。ちなみに咲子さん、年越しうどんは召し上がり――」

「ます！」

食い気味に手をあげると、高橋さんの頬にえくぼが浮かびあがる。カズくんが出入りするようになってから、高橋さんはよく笑ってくれるようになった。なんてことない無駄話を口にしてくれるようになった。家族カッコ仮も様になってきた、そんな気がしている。

年が明けて三日が経った。

正月を初めて実家以外で過ごす経験をした私は、今日また新たな経験をするために外出した。あまり人と会う時に緊張したり不安になったりしない質だが、いつになく身体が強張って手に汗をかいている。

目的地に到着して受付を済ませていると、近くにいた女性が声をかけてきた。

「もしかして初めてです？　イベント来るの？」

「あ、はい」

歳は同じくらいだろうか。鮮やかな花柄の着物を着こなしている。

「じゃあビックリしますよね。ここにいる全員アセクシュアルって」

私がやってきたのは、アセクシュアルをはじめとする様々なセクシュアリティの当事者が集まるイベントだった。勧めてくれたのは高橋さんだった。自分と咲子さんだけがアロマアセクの全てではない、そのことを知るのはいいことだと思う。そう言われて、私はSNSの情報を頼りにこのイベントを見つけたのだ。会場の貸し会議室には予想より多くの人が集まっている。高橋さんくらいの年齢の男性から、高校生くらいの女の子まで、年齢性別みんなバラバラだ。

「あ、私メタと申します」

声をかけてくれた物腰柔らかなメタさんは、帯につけた名札をこちらに向けた。メタさんの名札には『メタ　アロマ・アセク？』と書かれている。私が「？」に注目していることに彼女はすぐ気づいた。

「あ、これ？　私、今でもアロマとかアセクなのかとかハッキリ分からなくて」

「それって、自認してないってことですか」

「そうとも言い切れないんだけど。とにかくね、ここに来てから別に無理に決めなくていいかと思うようになって。だからハテナです」

「メタさん！」

大学生くらいの男の子がメタさんを見つけて駆け寄ってきた。

「僕ついに最高の恋人と出会えたかもしれません！」

メタさんは心底嬉しそうに小さく胸元で拍手している。

「えええ、ごっちんさんよかったですね！」

ハテナに続いて今度は恋人という言葉に驚き、ごっちんさんの名札に目をやる。

「『ロマ・アセク』？」

「はい、僕ロマ・アセクです。恋愛感情はある、性的なことをしたいと思わない。そんな感じで」

「で、どんな方なんですか？」

メタさんは恋愛話が苦手ではないようで、楽しそうに彼に訊ねた。

「同じ学部の子なんですけど卒業したら一緒に住むことになっちゃって」

「あ！」

「どうかしました？　花咲《はなさき》おそばさん」

花咲おそば、それは私が名札に書いた仮名だ。受付で本名を書く必要はないと言われて適当に書いてしまったのだけど、口に出されると少し恥ずかしい。高橋さんも私に羽色キャベツさんと呼ばれた時、同じ気持ちだったんだろうか。過去の自分に説教してやりたい。

「大丈夫ですか、花咲おそばさん？」

「あ、はい！　あの私、今一緒に住んでる人がいて、私たち流の家族になろうとしてて、それで、今日は色々お話をと思っていまして」

そう話すと、メタさんは会場にいる知り合いを紹介してくれた。

最初に話したのは、明日香《あすか》さんとめぐみさん。どちらも私と同じくらいの年齢だろう。カチッとした服装の明日香さんと、金髪に大きなピアスが特徴的なめぐみさん。見た目が対照的な二人はパートナーになって随分長いそうだ。でも一緒には住んでいない。お互いのことを「困ってる時連絡取り合う拠《よ》り所《どころ》的な感じかな？」と話していた。

彼女たちの言う「拠り所」が、私と高橋さんで言う「味方」みたいな感覚なのかもしれない。

色々な人に話を聞く中で印象的だったのが、ハマユカさんという二十代前半くらいの女の子だった。流行りのメイクとファッションで身を固めた彼女は、私が家族になるにはどうしたらいいかと訊ねると、ブローされた綺麗な長い髪を困ったようにいじった。

「家族……うちには正直分かんないです。一人が寂しいとかパートナー欲しいとか。誰かと話したいなら友だちに連絡するし。あと今タイドラマにハマってて、休みは一日ドラマ見てネットで感想漁って、それが幸せで」

ハマユカさんの話に周りで深く頷いている人たちが沢山いた。

恋愛感情を抱かない人がいるように、一人が好きでそれが幸せな人もいる。私のように誰かといたい人もいる。パートナーが同性だったり、異性だったりする。考えれば当たり前のことなのに、世間では珍しいものとして扱われがちだ。

でもここではどんな考えも、みんな当たり前として受け止めてくれる。そのことに私は感動していた。

一通り皆さんを紹介してもらった後、ごっちんさんが、ちょっと照れくさそうに話を切り出した。

「実は僕、最近パートナーと将来のこと話してて」

「将来？」

「結婚とか子供はどうする、とかです」

「子供、ですか」

驚きのあまりどう反応していいか戸惑っていると、メタさんに訊ねられた。

「一緒に住んでる人と先の話とかしたことないですか？」

「住み始めたばかりですし、私たちそういうんじゃ……」

「ちゃんと話したほうがいいですよ、そのパートナーさんと。アセクシュアル同士で友情結婚してる人とかも実際いますし」

「一人で生きるか誰かと生きるかで、またかかるお金も変わってくるし」

「本当にそう、一人で生きていく人に厳しいから、この国は」

「……なるほど」

感動と共に押し寄せた情報量に圧倒され、私の初めてのイベントは終わった。

沢山喋って話を聞いたためお腹が減った。高橋さんは、今日は何を作っているのだろうか。そんなことを考えながら玄関を開けると、「さ〜〜くこちゃん！」と小さな物体が私に抱きついてきた。

「おかえり〜！」

みのりの娘の摩耶だった。

「摩耶？　え、なんで？」

「こっちこっち」

　摩耶は私の手を引いて、リビングへと誘《いざな》っていく。そこにはボードゲームを広げて、お菓子を食べてソファでくつろぐみのりとカズくんの姿があった。

「お姉ちゃんおかえり～」

　臨月を迎えた彼女のお腹は、前に会った時より更に大きく、パンパンになっている。

「みのり……え、カズくんも？」

「あけでと～！」

　カズくんの気の抜けた返事に呆れつつ、部屋にいるはずの高橋さんを探す。高橋さんは食卓でお茶を飲んでいた。目が合うと彼は小さく会釈をした。

「お姉ちゃんさぁ、正月なんだからお義兄さん置いて遊び行っちゃ駄目でしょ」

「お義兄さん？」

「え、駄目？　お姉ちゃんと家族なのに？」

「待って待って。何？　これ、どういう状況？」

　混乱する私に説明をしてくれたのは、やっぱり高橋さんだった。

「先ほど、僕がお汁粉を作っていると、カズくんさんが家に入ってきて」

「入って、きて？」

「言葉の通り、勝手に入っていらして……合鍵返してくださいね」

話を振られたカズくんは、大げさに「ええっ」と声をあげた。

「鍵、くれたんじゃないの？」

「違います。それで、カズくんさんはそのゲームを僕らとやりたかったらしく」

「そうそう。これ、実家に帰ったら出てきたからやろうと思ってさ。でも咲子いないから参ったなぁって思ってたら、みのりちゃんたちも入ってきて」

「ちょっと私はカズくんと違うから。玄関開いてたから入っただけ。ちゃんと挨拶もしたし。ね、摩耶」

「うん！　それでみんなでゲームしたんだよ。ね〜カズくん」

「ねぇ〜！」

姪っ子甥《おい》っ子と遊び慣れているのか、カズくんはすっかり摩耶に懐かれている。

「待って待って。でもどうやってここが？　住所教えてないよね？」

「蟹鍋の時、お義兄さんお土産にお酒くれたでしょ。その紙袋に書いてあった酒屋さんに行って、そこのおばさんに場所聞いたらすぐ教えてくれたよ」

「すげぇ！　探偵かよ」

心底感心しているカズくんをよそに、高橋さんは申し訳なさそうに頭を下げた。

「すみません。あの人とてもお喋りで」

「あ、いいえ、迷惑かけているのはこっちなので」

「迷惑ついでに今日泊まっていいですか？」

謝る私をよそに、全く迷惑と思っていない様子の妹が投げ込んだ爆弾発言に、私も高橋さんもうまく反応できない。

「え、なんで？」

「浮気したの、大輔が」

そういえば玄関に小さなトランクが置いてあったが、最初から泊まる気でやってきていたのか。ぐるぐると考えを巡らせていると、何も知らないカズくんが「大輔？　それ誰？」と能天気に訊ねてくる。

「みのりさんの旦那さんです」

「み、みのりちゃん。それマジ!?」

「マジ。ずっと怪しいと思ってたんだよ。風呂にもトイレにもスマホ持ってくし、公園行っても買い物行ってもスマホ見てニヤついてるし、帰り遅いし、急に髪セットしだすし、鼻毛脱毛してたし」

みのりが怪しい例としてあげることが私にはピンと来なかったけれど、カズくんは「うわぁ、それは分かりやすいわ」と顔を顰めている。

「で……今日大輔のスマホのＧＰＳ確認したらホテル行ってて」

「やっぱ探偵じゃん！」

「だから離婚しようって手紙置いて出てきたわ。そもそもアイツ、前の妊娠中も怪しくて」

過熱していくみのりにブレーキをかけたのは高橋さんだった。

「あの、続きは、後にしませんか？」

彼の目線の先には、遊ぶのをやめていつの間にかポカンとして話を聞いている摩耶がいた。高橋さんの言う通りだ。こんな話、子供に聞かせていいはずがない。

「で、ですね！　何か取りましょうか、ご飯」

冷蔵庫に貼られた出前のチラシを取りに行こうとすると、カズくんが台所についてきた。

「え、おせちは!?」

おせちのお重を探しているのか、雪山の山岳救助犬のように台所を見回している。

「僕、喪中なので」

「あぁ、そっかぁ〜……うっわぁ〜俺地味に楽しみにしてたんスよね。高橋さんのおせち」

「来年食べられますよ……邪道ピザでいいですか」

「ピザ！　摩耶ピザ、好き！」

人懐っこい摩耶は子供なりに場の雰囲気を和らげようとしたのだろう。いつもの調子で彼女は高橋さんに近づき、そして手を掴んだ。

「あ！」

突然のことに思わず声が漏れた。当の高橋さんはビクリと反応したが彼女の手を振り払うことはしなかった。今までされたことのない反応に摩耶は心配そうに彼の顔を見上げている。

「おてて、いたいの？」

「あ、いえ、ごめんなさい。突然で驚いただけで」

「ここは？　いたい？」

手から袖に掴む場所を移した摩耶に高橋さんは小さく頭を下げ、微笑んだ。

「ありがとう……ピザ好きですか？」

「うん、好き！」

高橋さんの反応が意外だった。大人にも子供にも同等に、厳しいところは厳しい人なのではないか、もっと言えば子供は嫌いなんじゃないかと思っていた。でも摩耶に対する全ては、距離はありつつも優しかった。

高橋さんについて新たな発見ができて、私はちょっと嬉しかった。

その夜、摩耶とみのりは私の部屋で寝てもらうことにし、私が摩耶を抱きかかえて連れていった。寝かしつけているみのりを部屋に残してリビングに戻ると、高橋さんとカズくんがお汁粉を食べていた。

「予想外のことばかりの一日でした」

私もお汁粉を口にして、やっと一息つけた。

「何かありました？　イベントでも」

「ひへんと？」

お椀《わん》からにゅうっと伸びる餅を噛みながらカズくんが訊ねる。

「そう、イベント。アロマやアセクの人が集まるとこに行っててさ。色んな人と沢山お喋りする感じで面白かったよ。みんな温かくて、すっごく居心地もよくて、当たり前なんだけど、みんな全然違ってて……」

「それで？」

高橋さんに促されて、私は一度呑み込みかけた言葉を続けた。

「私、今後の参考にしたかったんです。家族になるために、色んな話を聞いてみたいなって。でも話すうちに子供とかの話になって」

「……子供」

高橋さんは表情を隠すようにお汁粉のお椀を口に運んだ。カズくんは首をひねっている。

「でも、そういうのはあれじゃない？　ほらアレしねぇとできねぇし」

「子供を持つと言っても今は色々な方法があるって言ってたよ。ネットで調べれば分かるって」

カズくんはすぐスマホを手に取り、検索を始める。

「へぇすげぇ！　マジで色んな方法があるんだな」

話が逸脱し始めて、高橋さんがやれやれとお汁粉のついた口を拭う。

「それで、どうしたんですか？」

「あ、はい。私、それ聞いてて『あ、私、まだ将来のこと全然考えられてなかったんだな。私以外の人たち、ちゃんとしてるな』っていう予想外の気づきがありまして」

改めて、自分が思ったことを口にしたら、これまた予想外に心にダメージを食らってしまった。慌てて作り笑いをしてみたが、二人にはお見通しだろう。

「そんな自分にちょっとズーンッとなり、で、帰ったら、みのりが大変なことになっていて……以上です」

「咲子、正月から、なんか盛り沢山だな。どんまい」

「周りに合わせて考えることじゃないですよ」

高橋さんはお汁粉を食べ終えたのか、静かに手を合わせて箸を置いた。

「将来も子供も、そういうこと『全然考えない』という考えもあっていいと思いますし」

「ですかね」

「はい、だからズーンしなくて大丈夫です」

高橋さんって本当に凄い。彼の言葉のお陰でモヤモヤとした私の心に晴れ間が覗いていく。

「お義兄さんって優しい～」

いつの間にか、みのりが背後に立っていた。

「みのり？」

「私なら『将来のことも考えずに家族になろうとか言ってんの？』って怒っちゃうかも」

戻ってきたみのりは不機嫌そうだ。大きなお腹を庇うように、冷めたピザを手に取った。

「ピザ、温めたら？」

私の言葉が聞こえているのかいないのか、みのりはピザを頬張り、ソファに腰を下ろした。

「だって普通、将来一緒に過ごそうと思って家族になるんじゃないの？」

「みのりちゃん、普通も人それぞれだからさ！　あ、お汁粉食べる？」

場の空気を変えようと、カズくんは明るく言ったが、みのりはボードゲームのコマを手に取り、力いっぱいボードに押し付けた。

「私、ず〜っと将来のこと考えてきた。結婚したら次は子供。摩耶が生まれたら、次は家。家を買ったら次は二人目って……〝大人すごろく〟を一マス一マス進んでいく感じ？」

フッと自虐的に笑ったみのりはコマをポイッとテーブルの上に投げた。

「まぁ結局浮気されてんだから、家族についてどうこう語る資格ないか」

「いえ、そんなことはないです」高橋さんは間髪容れずに首を振った。

「やっぱ、お義兄さん優しい〜」

「みのりちゃん、旦那さんから連絡は？」

カズくんに問われて、みのりはスマホ画面をこちらに向けた。

「ん？　アホほど来てるよ」

大輔さんから届いている大量のメッセージは、【話がしたい】【電話に出て】【今どこ？】【俺が悪かった】という内容で、それが何遍も繰り返し送られていた。

「焦ってるんじゃない？　浮気相手のSNSにメッセージ送っといたし」

「え、どういうこと？　浮気した人と知り合いっていうこと？」

「大輔のSNS辿ったらすぐ見つかった。アホみたいに匂わせたつぶやきしてるから全部スクショした。絶対訴えてやるんだ」

「出た！　探偵み」

　みのりは、場の空気を乱すカズくんの合いの手を完全に無視して、スマホをソファの上に放り投げた。

「ま、後は大輔次第」

「え？　なんで大輔さん次第なの？」

「なんでって」

　みのりは私の質問に口ごもり、目を逸らした。妹を困らせたいわけじゃなかった。

「あ、ごめん。私ピンとは来てないんだけど、浮気って離婚したくなるほど嫌で傷つくことなんでしょ？　だから離婚するって手紙書いたんじゃ」

「簡単に決められないよ！　摩耶もお腹の子もいるんだよ。父親いないとか可哀想《かわいそう》だし」

　親がいなくても可哀想とは限らない。高橋さんならすぐ反論するかと思ったが、彼は俯いて黙っていた。

「えっと、じゃあ本当は別れたくないってこと？」

　みのりを分かりたい。それだけなのに、彼女は心底面倒くさそうにしてため息を吐《つ》くと、「うっさいな」とボソリと吐き捨てた。

「簡単に割り切れねぇんだって。好きじゃなきゃこんな旦那さんのこと調べたりしないもんね」

　私たちの間に入り、必死にフォローしようとするカズくんを、みのりは鼻で笑った。

「別にそんなもう好きじゃないし、死ねって思ってる。ほぼ憎さしかない」

「え、でも、じゃあ……」

　みのりの反応に狼狽《うろた》えているカズくんに、彼女は更に畳みかける。

「男には分かんないよ。女が子持ちシングルになる怖さが、この先ずっと一人かもって孤独さが」

「孤独？　え、でもみのりには摩耶ちゃんたちが――」

「子供とそういう相手は別だから！」

　私の発言はいちいち怒りを買うらしく、みのりは鼻息を荒くして近くのクッションを叩いた。

「子供いればいいって人もいるだろうけど、私は違うの！　お姉ちゃん、分からないなら黙っててよ！」

「うん、ごめんなさい……」

　黙ってろと言われて傷ついたが、私は謝った。何に怒っているのか分からないが、彼女を怒らせたいわけではなかった。怒鳴ってしまったのが気まずいようで、みのりは俯いている。

「お茶淹れますか？　みのりさんはお汁粉と、麦茶温めます？」

話を変えようとする高橋さんに合わせて、カズくんも席を立った。

「あ、俺お汁粉もう一杯いいスか？　咲子もいるだろ？」

私が返事をするより先に、みのりが言った。

「いいよね、お姉ちゃんは」

「えっ、何が？」

「誰かを好きになんないってことは、こういう苦しさと無縁なんだもんね。そのくせ周りにそうやって優しくされちゃってさ。ていうか人生、楽だよね。そういう、なんもない人生のほうが」

なんもない人生。みのりには私の人生がそう見えているのか。そんなことを考えていると、台所に向かおうとしていたカズくんが戻ってきた。

「みのりちゃん、今のはない。言い過ぎ」

怒りを静かに抑えているのか、いつもより彼の声が低く響いて聞こえる。カズくんの反応に「今、酷いことを言われたのだな」と改めて実感しつつ、みのりになんと声をかければいいか分からない。みのりの鼻をすする音が聞こえてきた。

「……ごめん、そうだね。今の八つ当たり」みのりの声は震えている。

「今のなし、ごめん。ごめんなさい」

彼女は泣き顔を見せまいと頭を下げ、摩耶の様子を見てくると言って部屋に戻っていった。

「なんかしんどいな。お互い好きで結婚したのに憎んだり浮気したり」

　部屋の片付けを最後まで手伝ってくれたカズくんが、帰り支度を済ませて靴紐《くつひも》を結んでいる。

「いや浮気すんのが二億パー悪いんだけどね」

　私たちに話しているのか、独り言なのか分からない、ボソボソとした喋り方だった。

「なんで好きって気持ちにどんどん色んなもん混じって濁っちまうんでしょうね。俺も結構執着しちゃう質なんで分かるんスけど。あ、高橋さんすいません。こういう話ヤですよね？」

「いえ、このくらいは。ただ同意や賛同はできないだけで」

「でも聞いてくれるんスよね、高橋さんは」

　カズくんは小さな喜びを噛みしめるように、口元を緩めている。

「あと、俺さっきのも結構嬉しかったですよ。来年おせち食べに来いって言ってくれて」

「来いとは言ってませんが」

照れ隠しなのか、本心からのつっこみなのか、高橋さんはすぐ訂正した。

「てか来年のこと話すってことは咲子の家族カッコ仮のカッコ外れたんスか?」

私が触れられずにいる話題を、カズくんはなんのためらいもなく口に出してくる。

「いや、まだそういう話は」

高橋さんに目を向けられて、私は頷くしかなかった。

「でもほぼ外れてんスね! マジよかった～! 高橋さんと咲子が家族になって最強に幸せになんないと、俺、困るんで」

今度は高橋さんからの訂正はなかった。私は、高橋さんが自分と同じ認識でいてくれているようでほっとした。カズくんの無神経さに少しだけ感謝だ。

「……もう遅いですが大丈夫ですか? よければ居間に布団敷きましょうか」

予想外のお泊まりの提案に、カズくんは嬉しそうに靴を脱ぎかけるも、すぐに手を止めた。

「すげぇ魅力的ですけど、帰りますわ。明日おばあちゃんの家行くんで! またいつひ孫の顔が見れるんだ～とか言われんだろうけど」

「おばあさまによろしくお伝えください……気をつけて」

「カズくん、気をつけてね」

「うっす! じゃあな～」

カズくんはボードゲームを抱えて、石段を駆け下りていった。

彼がいなくなるとこの家は一気に静かになる。この静けさが寂しくもあり、心地よくもある。

「高橋さん、お風呂沸いてます」

「はい、いただきます。今日は冷えるそうなのでよければ押入れの毛布使ってください」

たしかにちょっと玄関を開けただけで、一気に廊下の温度が下がった。夜が更ければもっと冷えていくだろう。摩耶とみのりが風邪をひいたら大変だ。

自分の部屋に戻ると、みのりは摩耶の寝顔を眺めていた。スヤスヤと寝息をたてる摩耶の頭を静かに撫でている。私は押入れから出した毛布を彼女の横に置いた。

「寒かったら、この毛布も使って」

「お姉ちゃん、急に来てごめん」

みのりは毛布を広げて、摩耶の身体に被せた。

「悪いとは思ってる、色々」

「ううん。頼りにしてくれて嬉しいよ」

寝る支度を整えようと、ベッドの横に布団を敷く傍らで、みのりは足が痛いのか、ふくらはぎを揉み始めた。

「こんな状況で実家には戻れないからさ。お母さんたちにこれ以上心配事増やしたくないし」

「心配事?」

「お姉ちゃんのことに決まってんじゃん」

怒るでもなく呆れるでもなく、さも当然のことのようにみのりは話し続ける。

「元日に実家帰ったら冷蔵庫が残り物だらけでさ。コーンのかきあげとか、お皿いっぱいあったよ」

かきあげは私の好物だった。

「お母さんはちょっと作り過ぎたとか言ってたけど、あれ、お姉ちゃんがいつ帰ってきてもいいように作ってるんじゃない?」

蟹鍋から一度も両親に会っていない。連絡も取っていない。あの日、私と高橋さんにあんなに拒絶反応を示していたお母さんが、私の分の食事を作っていたとはにわかに信じがたかった。

「お母さんたちも、いい歳の娘二人に、こんなに頭悩まされると思ってなかったろうね」

お母さん、お父さんを悩ませたくはない。でも、私が私らしく生きることがなんで誰かを悩ませることになるんだろう。

私が落ち込んだのが分かったらしく、彼女は気まずそうにしている。みのりは私に輪をかけて大雑把だし言葉がきついところはあるけれど、悪い子じゃない。それを私はちゃんと分かっている。

「明日昼間、摩耶のことみててくれる？　今後のこととか、色々考えたいから」

「うん、もちろん」

「ありがとう、じゃあ寝るね」

みのりは足を揉むのをやめると摩耶と一緒に布団に入ってしまった。その後、私はお風呂に入り、明日の服を用意してしばらく起きていたけれど、彼女は私に背を向けたまま一度も言葉を発することはなかった。眠ったのかと思ったが、みのりのスマホの灯《あか》りが彼女越しにずっと光り続けている。

私が眠りにつく時も、スマホの光は消えることはなかった。


次の日、私と高橋さんで摩耶の世話をすることになった。

「いいんですか、一緒に摩耶のことみてもらって」

「戦力になるか、分かりませんが」

摩耶がお絵描きをする間、高橋さんは庭いじりをしていた。子供と遊ぶということがよく分からないので、やってほしいことは都度教えてくださいと先ほども言っていた。

彼は庭に生えた雑草を抜く手を止めて、摩耶を眺めている。

「変な感じがします」

「え？」

「この家に子供がいるの、こんな景色なんですね」

自分に注目が集まっていることを察したのか、描きかけの絵を高橋さんに向けた。

「見て！」

「パンダ、好きなんですか？」

「うん好き」

摩耶なりに高橋さんに懐いているようだった。

「大きくなったらパンダになりたいんだもんね」

「違う、パンダのケーキ屋さんだよ」

摩耶は私の言葉を訂正して、また絵を描き始める。

「前聞いた時から進化してます」

「なかなか斬新ですね」

「高橋さんってちっちゃい頃の『将来の夢』ってなんでした？　私はおもちゃ屋さんでした」

「僕の夢は……お野菜王国を作ることです」

パンダのケーキ屋さんと同じくらい斬新な答えが飛び出して、笑ってしまった。

「お野菜王国!?　あの、お野菜王国とは？」

「大きな畑で野菜に囲まれて暮らせる王国です」

「農家とは違うんですか」

「ほぼほぼイコールではありますが、ええ」

「小さい頃から好きだったんですね、野菜」

「祖母と庭いじりするのが好きだったので」

「あ、じゃあ凄い、夢叶《かな》えてるじゃないですか。だって、今お野菜に囲まれた仕事してるし、ある意味叶ってますよね？」

「ベストではないですが、ベターではあるかもですね」

「ベター？」

「いくら色々考えても人生全部思い通りにはいきませんからね。折り合いつけていかないと」

高橋さんの意見は、いつも正しい。だけど時にとても寂しい。その寂しさを、私はずっとどうにかしたいと思っていた。

「でも、じゃあ私たちのことは、なるべくベストを目指しませんか？　年越しうどんと一緒ですよ！　やりたいことしたいことは全部取りの精神で！」

高橋さんの頬にえくぼが浮かぶ。

「うどんと一緒ですか」

「はい」

「ねぇおなかへった〜」

お絵描きに飽きたのか、突然摩耶が机に突っ伏した。

「では、お昼にしましょう」

高橋さんは手の土を払いながら立ち上がり、気合を入れるようにぐっと伸びをした。

二階の空き部屋へ昼ご飯を運ぶと、みのりは窓の傍の陽《ひ》だまりの中で考え事をしていた。部屋に置かれた箪笥《たんす》にもたれていると、よりお腹が大きく見える。私に気づいても、彼女はどこか虚ろな表情のままだった。

「これ、お昼食べて」

「え、高橋さん凄っ」

台所に立った彼が私たちのために作ったのは、野菜入りうどんとパンケーキだった。パンケーキはただのパンケーキではなく、パンダの顔が描かれている。耳や目はココア入りの生地で作られているようだ。ケーキの周りにはフルーツが飾られていて手がこんでいる。勝手に高橋さんはキャラ弁的なものに否定的かと思っていたが、そうでもないらしい。

「摩耶、パンケーキもうどんも完食したよ」

「だろうね。私こんなの作るの無理だし」

みのりはやっと微かに笑ってくれた。

「摩耶とお散歩行ってくるね」

「うん、ありがとう」

考えてみれば、これまでにみのりから相談を受けたことはほぼ皆無だった。小さい頃から頼りにならないと思われているのかもしれない。そんな私に助けを求めるということは、よっぽどの非常事態なんだと思う。私にできるのは、摩耶と全力で遊ぶことだけだ。

私と高橋さんは摩耶を連れて公園へ行き、思いつく限りの遊びをして過ごし、一通り遊んで笑った後は、小腹が減った摩耶と一緒に鯛焼《たいや》き屋さんへ足を延ばした。あんこ好きの高橋さんおすすめのお店とあって、お腹にたっぷり入った餡《あん》の甘さが絶妙だ。

途中、みのりから連絡が来ることはなかった。

日が暮れて、私たちは家に戻ることにした。摩耶と手を繋ぐ私の後ろを、高橋さんがついてくる。夕日に照らされて坂道に三つの長い影が並んでいた。家が近くなると、摩耶の歩みはどんどんと速くなり、彼女にひっぱられるまま、私は駆け足で石段を上った。

「ママ、ただいま～」

「摩耶おかえり！」

玄関の扉を開けた摩耶を出迎えたのは、みのりではなく大輔さんだった。

「パパ！」

摩耶ははちきれんばかりの笑みを浮かべて靴を脱ぎ捨てると、大輔さんの胸に飛び込んだ。

「摩耶、会いたかったよぉ～」

玄関に立つ高橋さんは口には出さなかったが、その顔には「また人が増えて……」とはっきり書いてある。遅れてリビングから顔を出したみのりは、不機嫌さを爆発させていた。

「どうしても話したいっていうから、ここの場所教えちゃった」

悪びれもせず言うみのりを遮り、大輔さんが深々と私と高橋さんに頭を下げる。

「お義姉さん、お義兄さん、この度はご迷惑をおかけして」

「誰のせいだと思ってんの」

「ねぇ、ママ、パパ。おうち帰るの？」

家に帰りたそうな摩耶に、みのりは即座に「帰らないよ」と答えた。

「みのり、俺が悪かったって」

「摩耶から離れて」

大輔さんは半泣きのまま、何度も何度も、みのりに頭を下げ続ける。

「悪いことしたって思ってる。もう絶対しないから。俺今日から変わるからさ、頼むよ、許してください。お願いします」

「なんであんたが泣くの？　意味分かんない」

「頼むよ。俺、摩耶と会えないなんて嫌だよ」

「結局私のことはどうでもいいってことか」

みのりはフンと鼻で笑いながら切り捨てた。

「そんなことないって、ごめんなさいって」

「摩耶こっちおいで」

「俺から摩耶取り上げるのかよ」

「うっさい。おいで」

摩耶はその場に立ち尽くして動かない。

「パパ泣いてるよ。あやまってるよ」

みのりは毛を逆立てた猫のように全身に怒りをまとい、持っていたスマホを大輔さんに投げつけた。

「あんた卑怯《ひきょう》だよね、子供使ってさ！」

「子供の前でデカい声出すなよ」

「はぁ？　何急に子供のこと気遣いだしてんの？」

「みのり」

止めに入ろうとしたが無駄だった。みのりは顔を真っ赤にしてその場で地団駄を踏む。

「普段全部任せきりのくせに。足もむくんでお腹張ってパンパンでしんどくても、家のことも摩耶のご飯もお風呂も幼稚園のことも全部やってんのは私！」

「ママ？」

摩耶は見たことのないママの姿にすっかり怯《おび》えて縮こまっている。

「あんたは楽しいところだけいいとこどり！」

「いや、俺だってやれることはやってたって」

「やれることだけね。後は仕事と女遊び。絶対別れるから。二度と摩耶とお腹の子に会えないと思ってね！」

ずっと下手に出ていた大輔さんだったが、ついに苛立ちで顔が歪みだす。

「ちょっと冷静になれって。俺と別れて、お前だけで育てていけるわけ？」

「はぁ？　それどういう意味？」

その時、部屋中に破裂音が響いた。高橋さんが思い切り両手を叩き、口論を中断させたのだ。

「高橋さん？」

「やめてください……これ以上摩耶ちゃんの前で……お願いします」

そう言って頭を下げる高橋さんは微かに唇を震わせている。彼は家族のことを話したがらない。私も無理に聞こうとは思わない。でも、もしかすると高橋さんは摩耶と自分をどこかで重ねているのかもしれない。

「もう最っ悪！」

高橋さんが一度引き戻した静寂を壊したのは、みのりだった。

「みのり、もうやめて。高橋さんの今の話聞いてた？」

まだ喧嘩を続けようとしているのかと思い、私もつい声を荒らげてしまった。でも、どうも様子がおかしい。

「みのり？」

「どうしよう……破水した」

みのりの足の間にはポタポタと水がしたたり、水たまりができていた。

修羅場からの大混乱で、私も高橋さんも大輔さんもてんやわんやだった。嫌がるみのりを無理やり大輔さんの車に乗せて病院に向かった。どれも断片的な記憶だ。

今の私の目の前には陣痛に苦しむみのりがいて、彼女のお尻をテニスボールで押している。陣痛に耐えられず唸《うな》るみのりは、全身汗だくで、前髪が額に張り付いている。

「ちょっと、引いてきた」

痛みが一旦引き、落ち着きを取り戻した彼女を確認してからお尻に添えていた手をどけた。みのりはぐったりとしたままベッドの上で動かない。呼吸を整えている彼女の背中をさする。

「摩耶は？」

「待合室で寝てるって。高橋さんがみてくれてるよ」

少し前に水を買いに行ったら、高橋さんが摩耶に自分のジャケットをかけていた。もうすっかり夜が更けている。昨日の今頃はピザを食べていたのかと思うと変な感じだ。

「大輔は？」

「呼んでくる？」

しばらく黙っていたみのりの唇から苦しそうに息が漏れる。

「みのり？」

「……摩耶、パパが大大大好きなんだよね」

「うん」

「許せるのかな、私」

みのりが思いっきり強く握りしめるシーツはぐしゃぐしゃになっている。

「浮気されて、お前だけで子供育てられるのかって鼻で笑われて……でも別れたくないって言われて、一人にならなくてほっとしてる自分もいて」

彼女の背中はどんどん熱くなり、嗚咽《おえつ》が漏れ始めた。

「ホントやんなる、馬鹿女過ぎて」

「馬鹿女じゃない、みのりは！」

正面に回り込み、シーツを握りしめているみのりの手を握った。

「恋愛とか夫婦のこと、正直全くなんにも分からないけど……みのりにとって大事なことは、大事にしてほしい！」

高橋さんのようにうまくためになることは言えない。でも何か言わずにはいられなかった。

「みのりがどんな答え出しても絶対応援する。大輔さんを許しても、一人を選んでも、また誰かと恋をしても、この先の将来ずっとずっと味方でいる」

「……お姉ちゃん」

「これだけは絶対だから！　ね！」

ボロボロと涙を流すみのりは頷いた後、すぐまた顔を歪めた。

「あぁ来た！」

陣痛だ。周期がかなり短い。私は彼女の手を握ったまま、もう片方の手でナースコールを押した。

分娩室《ぶんべん》に入ってから二十分。みのりは三一二四グラムの女の子を出産した。

産声を聞いた後、私は彼女との約束を果たすべく、待合室へ急いだ。みのりにお願いされたこと、それは「大輔を病室に入れないで」だった。当然大輔さんは鼻息荒く反論した。

「なんで？　俺の子でもあるんだけど、なんで会えないんですか？　おかしいじゃん！」

「あの、離婚届はのちほど送るそうですので」

「はぁ？　俺の子でもあるんだけど？」

大輔さんの語気が強くなったことに気づき、摩耶をみていた高橋さんが立ち上がる。高橋さんが間に入って何か言おうとしたその時だった。

「咲子」

お父さんとお母さんが廊下を駆けてきた。赤ちゃんが生まれそうだと私が連絡したのだ。寝ていたところに連絡が来て、すぐ飛んできたのだろう、お母さんもお父さんも髪がボサボサだ。

お母さんは待合室に高橋さんの姿を見つけて何か言いたげにしていたが、大輔さんが遮るように二人の前に立ち塞がった。

「お義父さん、お義母さん！」

大輔さんは先ほどみのりにしていたように半泣きで頭を下げた。

「申し訳ありませんでした！　俺、もう二度とみのりさんを傷つけるようなことはしません！　本当に魔がさしただけなんです」

「え、どういうこと？　魔がさしたって？」

「え？」

「その話、多分まだお二人知らないかと」

高橋さんは、取り乱す大輔さんに状況を教えた。

先走ってしまった大輔さんがマズイと焦るよりも早く、お父さんが勢いよく彼に近づき、拳を振り上げた。情けなく悲鳴をあげる大輔さんは殴られるのを覚悟したようだったが、「パパ、駄目！」お母さんの声で我に返ったのか、お父さんは拳を静かに下ろした。

自分を落ち着かせるように息を吐き、お父さんは廊下の端に寄って大輔さんに道をあけた。

「……帰りなさい、今日は」

「や、でも……」

「とにかく、帰りなさい」

お母さんは黙っていたが、目を三角にして彼を睨みつけている。

「……はい」

大輔さんはコートやマフラーを抱えると、身体を小さくしてそのまま逃げるように病院から立ち去った。お父さんは乱れた髪の毛を整えてから高橋さんに歩み寄った。

「高橋さん、娘と孫娘が世話になったね……ありがとう」

「いえ、僕は特に何も」

「後のことは僕らが全力でサポートしていくから……それと、この前は失礼な態度をとってすまなかった」

今日は人が頭を下げる場面をいっぱい見たが、お父さんのそれは大輔さんのものとは違っていた。高橋さんもお父さんの真剣な謝罪を受け入れて、小さく「はい」と頷いた。

お父さんは顔をあげて、今度は私を見やった。

「咲子も元気そうでよかった」

「あ、うん」

「こんな形でだけど会えてよかった、ね？」

同意を求められたお母さんは、俯くだけで何も答えない。私に会いたくなかったんだろうか。私の生き方をどうしても認められないんだろうか。

「みのりと赤ちゃん、待ってるよ」

ぎゅっと胸が締め付けられたのを堪えて、二人を促した。泣くわけにはいかない。だって今日は姪っ子が、新しい家族がこの世界に誕生した日なんだから。

生まれたばかりの赤ん坊を抱くお父さんは顔がとろけそうになっていた。身をかがめて、先ほど目を覚ました摩耶に赤ん坊の顔を見せている。

「摩耶。優しく、よしよしって」

摩耶は妹の顔をまじまじと眺めながら、よしよしと小さな顔を撫でた。

「美人さんね、うん、上出来よ、みのり」

「何その言い方」

お母さんの口ぶりに苦笑するみのりは、出産と一緒に負の感情を全部吐き出してしまったかのように優しく柔らかだ。

「お姉ちゃんも抱っこしてあげて」

お父さんから赤ちゃんを受け取り、匂いを嗅ぐ。赤ちゃんってなんでこんなに良い匂いなんだろう。愛《いと》おしいんだろう。

「何度見てもきゃわわで……これは、奇跡ですね」

高橋さんの嫌いな言葉を使ってしまった。ハッとして様子を窺ったが、彼は病室の扉の前に立ち、いつになく口元を緩めていた。

「あ、抱っこします？」

「いいえ」と私の申し出を拒みつつも、彼はしみじみと赤ちゃんを見つめながら言った。

「こんなに可愛らしいものなんですね」

今まで見たことのない優しさに溢れる笑顔を見せて、病室を出ていった。

「高橋さん？」

呼び止めても、彼はこちらを振り向くことはなかった。ただ赤ちゃんが可愛いと言われただけなのに、なんで胸がざわつくのだろうか。

病院を出ると、外は雨だった。家に帰る頃には雨脚も強くなり、降り注ぐ音が家全体を包んでいる。高橋さんは雨に打たれる鉢植えを家の中に回収していた。私が差し出したタオルを、高橋さんは受け取り、濡《ぬ》れてしまった縁側を拭いた。

「失礼でしたかね。あの場で、赤ちゃんを抱っこしなかったの」

「いや全然そんなことは」

「そうですか、ならよかった」

高橋さんは心ここにあらずの様子で、雨を眺め続けている。

「……あの、あ、いや、お風呂、沸いたみたいですよ」

「あぁ、ではお先に」

お風呂へ向かう高橋さんを目で追いながら、自分の弱気を悔いた。本当に言いたいことはこれではなかった。

「お姉ちゃんはさ、母親になる気、ないの？」

先ほどみのりと二人きりになった時に言われたのだ。自分はアロマンティック・アセクシュアルなのだと言い返そうとしたが、イベントで聞いた友情結婚や、性交渉しないで子供を作る可能性を思い出していた。

何も言わない私に彼女は言葉を重ねた。

「恋愛抜きでも家族になれるなら親もイケるって」

「もう何言ってんの」

「誤魔化さないでよ。じゃあ、どうすんの？　お義兄さんが子供欲しいって言ったら？　それでも家族続けるの？」

「いや高橋さんはそんなこと言わないよ」

「でも見たでしょ？　あの赤ちゃんを見る目！」

赤ちゃんが目を覚ましたので話はそこで終わったが、今もみのりの言葉が頭から離れない。

高橋さんの気持ちを確かめたいのか、確かめてどうしたいのか。自分の気持ちがよく分からなかった。おめでたい日だというのに、雨は当分、止《や》む気配はない。

咲子と高橋と、一人の女

休日の朝、高橋さんは、台所でうどんを踏んでいる。

いつもと変わらない朝の風景。そのはずなのに、先ほどから彼の姿を眺め続けてしまうのは、みのりから言われた言葉のせいだ。

『どうすんの？　お義兄さんが子供欲しいって言ったら？』

その言葉が、ここ数日頭の中で渦巻いている。最初は「そんなことありえない」と払いのけようとした。でも、できなかった。

摩耶に、不器用ながらも、とても優しかった高橋さん。「この家に子供がいるの、こんな景色なんですね」と、しみじみと呟いた高橋さん。目元に笑いじわを刻んで、優しそうに赤ちゃんを見つめる高橋さん。色んな姿と共に何度もみのりの言葉が反芻《はんすう》され、次第に頭の中に浮かんできたのは「もし本当に子供が欲しかったらどうしよう」という不安だった。

「自分語り、したいんですか」

「へ？」

高橋さんは顔をあげることなくうどんを踏み続けている。

「ずっと感じてます。頭の、この辺に視線」

自分の後頭部あたりを高橋さんは指先でくるくると指した。

「あ、すみません」

「どうかしました？」

「や、語りたいというか聞きたいというか」

そこでやっと高橋さんはうどんから目線をあげて、質問待ちの顔をこちらに向けた。

「えっと」

自分で話を振ったくせに、目を逸らしたくて、口が重く動かなくなる。

「えっと高橋さんは……」

「はい」

『子供とか、欲しいって思ったりしますか？』なんて言葉は、やはりすんなり出てこない。

「どんな商品があったら嬉しいですか、スーパーに」

もったいぶった挙句、当たり障りのない、でも相手に負担のある質問が口から飛び出してしまった。案の定、真面目な高橋さんは考え込んでいる。

「……新鮮で手頃な値段の野菜ですかね」

「あ、ですよねぇ」

「すみません、お役に立てず」

「いや全然」

ここで話を終わらせるつもりだった。だけど高橋さんはうどんを踏むのをやめて、玉のれんをくぐってこちらにやってきた。

「えっと、高橋さん？」

「部屋から本を取ってきます。野菜関連のものは色々あるので」

「え？」

「アイデアを出すことはできませんが、アイデアの種のようなものは提供できるかもしれません」

高橋さんは階段を駆け上っていき、しばらくして数冊の本や雑誌を抱えて戻ってきた。『月刊野菜と果実』『はじめての農業』『野菜図鑑』。料理の本やグルメ雑誌を買うことはあっても、それらは普段手を伸ばすことのない本ばかりで、純粋に興味をひかれた。

高橋さんの心遣いに胸のあたりが温かくなる。こういう素敵なことがあると、目の前の漠然とした不安に目を背けて、私は思ってしまうのだった。「今日は素敵な日になりそう」と。

みのりのお見舞いに行くと、赤ちゃんはベビーベッドでスヤスヤ寝息をたてていた。

赤ちゃんが可愛くて、時間ができるとつい病院に足を運んでしまう。ちなみに赤ちゃんの名前はまだない。摩耶の時は、大輔さんが名前を考えていたそうだ。今回も名前の候補はあったらしいけど、それを使うつもりはないらしい。詳しいことは分からないが、退院した後で離婚の話を詰めるそうだ。

ふっきれた様子のみのりも、大輔さんを赤ちゃんと会わせるべきかどうかはまだ悩んでいる。相談相手にはなれないので、とりあえず応援していることだけは伝え続けている。

「で、本を借りて、話は終わり？」

今朝の出来事を聞いたみのりが、話の続きを促してくる。

「うん、そうだよ」

「え？　なんで」

「新しい企画を立てないといけないのは事実だしさ。それに読むと結構どの本も面白くて」

鞄に入れてきた雑誌を開いて、彼女に見せた。

「ほら、このイノファームの猪塚《いのづか》遥《はるか》さんって人は、地元野菜のブランド化で地域復興に携わってて」

貸してもらった本や雑誌の中で、この記事が一番面白かったので紹介しようと思ったのだが、みのりは優しく雑誌を閉じて、話を遮ってきた。

「ねぇ、なんで家族になろうとしてんのに子供のことくらいチャチャッと聞けないわけ？」

「聞けないじゃなくて聞くのやめたの。思い出してさ。前に高橋さんが恋愛とか性的な話はしたくないってアンケートに書いてたのを」

「アンケート？」

「だから、高橋さんがその話をしたいって思うまで、こっちから話すのはやめておく……それに、聞いたところで私自身もどうしたいか、よく分からないし」

「お義兄さんがどうしたいか知れたら、お姉ちゃんの気持ちもハッキリするんじゃない？」

「そうなのかなぁ」

「お姉ちゃんに子供の話は早かったか、まだ」

ピンと来ないでいる私を見て、みのりはこの話題を続けるのを諦めたようだった。「まだ」という言葉にひっかかりはあるけれど、どうやら、私にしつこくし過ぎないようにしているらしい。そんな妹の変化が嬉しかった。

結局、帰る時まで赤ちゃんは目を覚まさず、私は赤ちゃんの頭の匂いだけ嗅いでから病室を後にした。急ぎ足で駅へと向かう。午後からある場所に行くことを、決めていたからだ。

帰宅する頃には、すっかり日が暮れていた。

玄関を開けると、出汁のいい香りが漂ってくる。今夜は湯豆腐にすると言っていたっけ。高橋さんは湯豆腐のタレにこだわりがあるらしい。鰹節《かつおぶし》とお醤油《しょうゆ》のものや梅と柚子胡椒《ゆずこしょう》のものなど複数作るそうだ。正直実家で暮らしている頃は、湯豆腐は心躍るメニューではなかった。でも今日は、晩ご飯が待ち遠しくてたまらなくて、早足で家までの坂を上ってきてしまった。それに早足になったのには、もうひとつ理由があった。

「ただいまです。これお土産です」

ダイニングテーブルに抱えてきた手提げ袋を下ろすと、ごろんと中身が飛び出した。キャベツに大根、ミニトマト。ぎっしり詰まった野菜たちに、料理の手を止めて近づいてきた高橋さんが目を輝かせている。これが、もうひとつの理由だった。

「凄い。どうしたんですか、これ」

「借りた雑誌に載ってた農場に行ってきました」

今日足を運んだその場所は、雑誌に載っていたイノファームだった。アポを取ろうとしたところ、社長の猪塚遥さんから「今日空いているから会いに来ませんか」と返事があって、お見舞いの後で馳せ参じたわけだ。

「社長とお話できまして、仕事に繋がりそうです！　ありがとうございます！」

「いえ、お役に立てたなら」

そう話しながら、高橋さんは目の前の野菜たちに夢中だ。

「あぁ、これはいい大根だ。明日はおでんですかね」

「あ、いいですね」

「こんなに沢山。随分気前のいい方なんですね」

「はい、とってもいい人だったんです！」

「へぇ」

高橋さんは野菜を袋から全て出し、イノファームのパンフレットを広げていた。私はそこに載っている猪塚社長の写真を指さした。

「この人です。社長、十年で会社を大きくしたんですって。気さくな人で、これから一緒に仕事するの楽しみです」

「……そうですか」

返ってきた声は、どこか上の空のようだった。テンションが高過ぎただろうか。高橋さんはパンフレットから目を離さず、食い入るように見つめている。

「気になりますか？」

「え、え、この人ですか？」

高橋さんの声が裏返った。そんな取り乱したような態度は珍しい。

「あ、いや、じゃなくて、この会社のこと」

「ああ、ごめんなさい……いい所ですね。はい」

高橋さんが逃げるように野菜をしまいに行ったので、ここで話は切り上げられた。夕飯に食べた湯豆腐は三種類もタレがあって、どの味も最高だった。お豆腐一丁は余裕で平らげたと思う。高橋さんに抱いた小さな違和感も、お腹が満ちたことで、どこかに行ってしまっていた。


都心から、一時間半ほど電車に揺られた場所にイノファームはある。

猪塚社長は広大な土地の中にある事務所にはほぼおらず、大抵畑で野菜の世話をしているという。今日も例外ではないようで、私が訪ねた時、彼女は大根畑にいた。

「社長、おはようございます」

「おはよう。ちょっとだけ待っててね、これだけやっちゃうから」

私に手を振る社長の首元で細いシルバーのネックレスが揺れている。

日に焼けて、いつも化粧っけはないのだけれど、畑の中にいても、つい目をひかれてしまう。作業服もどこかお洒落に着こなして見える。パンフレット情報だが、たしか私より十歳ほど年上だったはずだ。仕事も醸し出す雰囲気も、こんな大人の女性になれたら最高だろうな。今日で会うのは二回目だが、あこがれの気持ちがどんどん強くなって大好きな存在になっている。

初めて話を聞きに行った時から社長はとても気さくで、今回のコラボ企画にも前向きだった。私が送った企画書にも沢山のアイデアをくれて、後は企画を通すだけの状態だ。事前に田端さんにも内容を話したところ、かなり乗り気な様子で、実現は間違いなさそうだ。

「ずっとビックリしてるの。お話をいただいたのが、まさかのスーパーまるまるさんで」

ひと仕事終えた猪塚社長は、髪の毛をひとつに結び直しながら切り出した。

「まさか、ですか?」

社長はどこか照れくさそうに笑っている。

「昔大失恋したんですけどね、その相手が、まるまるさんに勤めてて」

「そう、なんですか」

失恋というワードに私は身構えていた。学生時代も、反応を間違えて友だちを怒らせたことがある。

「その人との別れが、この仕事を心機一転始めるきっかけになったというか、ナニクソって頑張れたというか」

つまり、その人と別れたことでイノファームができたということか。

「じゃあ失恋してよかったですね！」

笑顔でそう答えると、猪塚社長は「え」と困った表情を浮かべた。

「え、ごめんなさい。私失礼なこと言いました？」

首を振る社長はどこか嬉しそうで、さっきよりえくぼのくぼみが深くなっている。

「ううん。兒玉さん、心の底からよかったって思ってる感じがして、いいなって」

気分を害されてはいないようだ。よかった。

「この話すると同情されたり、あぁだからまだ独り身なのかって反応されること、多くてさ」

「よく分からないです……こんな素敵なお仕事されている人に、同情とか」

「ありがとう。まぁ多分、そういう私自身にも多少の後悔があって。ほら子供のこととかね」

子供、タイムリーな話題だ。みのりや彼女の反応を見ると、子供が欲しいという感情は割と多くの女の人が抱くもののようだ。今日は今までで一番この話題を現実に感じられた。

「このネックレスも元彼のおばあさまのもので」

社長は首元のネックレスをいじりながら、遠くを眺めている。

「なんか捨てられなくてね。って、ごめんごめん、さっきから反応しづらいことばっかり」

「いえ……でも気に入ってるもの、なんで捨てなきゃいけないんですか？」

社長はフフフと声を漏らした。可愛らしい笑い声だ。

「兒玉さんのこと、私好きだわ」

「私もです！」

その後、企画書の内容に話は戻り、また素敵な提案をしてもらえた。イノファームの近くのレストランのシェフにお惣菜の監修をしてもらう手筈《てはず》を社長が整えてきてくれたのだ。その場で調べると、ネットで非常に評価が高く、予約困難な店らしい。今度そこにご飯を食べに行く約束まで結び、ほくほく気分でイノファームを後にした。

今日一日、私は始終口角があがりっぱなしだった。社長を知るきっかけをくれた高橋さんには感謝しかない。企画が実現したら何かお礼をしなくては。

イノファームから直帰して「イノファーム × スーパーまるまるお野菜デリフェスタ」の資料をまとめていると、「うわっ！」という高橋さんの短い悲鳴と同時に激しい破壊音が響いた。慌てて部屋から飛び出すと、彼は台所にしゃがみ込んでいる。

「高橋さん、大丈夫……じゃなさそうですね」

台所の床には、潰れた卵たちと割れた土鍋の蓋が散らばっている。

「手が滑って……卵を……それに蓋まで」

「あの、怪我はないですか？」

「すみません、今日のおでんは中止です。卵のないおでんは僕的には許せないので」

「あ、それは全然」

「ご飯、何か別の物を作ります」

「あ、じゃあこれ食べませんか？」

ダイニングテーブルに置いてあったパスタソースを手に取る。猪塚社長からまたお土産をいただいてしまったのだ。

「地元レストランとのコラボ商品らしくて、社長さんに貰ったんです」

我ながら名案だと思ったが、高橋さんはなぜか俯いたままだ。

「うどんやご飯にかけても美味しいって、社長さんが。あ、社長さん結構な食いしん坊な方で」

「すみません、一旦その話いいですか」

高橋さんが話を遮った。いつもより口調もきつく、苛立っているようにも見えた。何も言えずにいると我に返ったのか、申し訳なさそうに頭を下げられる。

「すみません、先に片付けないと」

「あ、ごめんなさい」

「この卵で何か作ります……パスタはまた今度。できたら呼びますので」

遠回しに台所から出ていくように言われて、私はおとなしく従った。部屋に戻る頃には小さな違和感が積み重なり、目を逸らせないほどの大きさになっていた。

寝て起きても高橋さんへの違和感が胸の中に居座っていたので、ランチをしながらカズくんに相談した。年が明けてから仕事が忙しいらしく、正月以来彼はうちに顔を出していなかった。

「イノファームの話をすると様子が変におかしくなると」

「正確には、イノファームの社長さんの話、かな」

「普通に聞けよ、その人と何かあるのかって」

ド正論だ。

「それは、そうなんだけど」

カズくんなら思いもよらない解決法を与えてくれるんじゃないかと、勝手に期待していた自分がちょっと恥ずかしかった。

「変なところ遠慮するよな、咲子たちって」

「だって高橋さん色々聞かれるの好きじゃないし、それに、ここ最近なんか元気なくって……そんな時に面倒くさいこと聞きたくないし」

「元気ない理由、社長さんだったりして」

「え？」

「よくある展開だと元カノだったりとか？」

元カノ？　高橋さんに？　たしかにアンケートには「一人恋人がいた」と書かれていたが、正直なところ想像がつかない。

「ねぇ、ずっと未練があって気持ちが再燃とかだったらどうすんの？」

「どうすんのって？」

「だから、これをきっかけに高橋さんと元カノが連絡取り合って復縁！　とかだったら。高橋さんと咲子、家族解散じゃん！」

なんと反応していいか分からず、ランチセットのコーヒーを口に含んだ。

「や、なんか反応しろよ」

「あ、ごめん」

「……まぁでも高橋さんだから、恋愛とかしないし、それはないのか」

それはないない、と同意しようと思った。けれど急に猪塚社長の言葉が頭をよぎった。

『昔大失恋したんですけどね、その相手が、まるまるさんに勤めてて』

『このネックレスも元彼のおばあさまのもので』

点と点が繋がりかけていたが、まだ一本の線にはなっていない。そんなもどかしい感覚に、首を傾げることしかできない。

「え、何？」

「あ、いや……まだ確信が持てなくて」

「よく分かんねぇけどさ、ぐちぐち考えてねぇで、帰った第一声でバンッと聞いちゃえよ！」

「……そう、だよね」


修正した企画書を提出し終え、会社を出た。

カズくんの提案が胸の奥で重くのしかかり、帰路につく足も重くしていた。

みのりもカズくんも「なんでそんなことがすぐ聞けないのか」と不思議がる。ちょっと前の私だったらその意見に同意しただろう。けれど今の私としては、なぜなんでも聞くことができるのかがむしろ謎だった。高橋さんを知れば知るほど、不用意に傷つけたり落ち込ませたりしたくないという気持ちが強くなる。でもその一方で逆の立場だったら、モヤモヤしてないで質問してくれよと感じると思う。

質問するかどうか決まらず、気を重くしたまま「ただいまです」と玄関を入ると、高橋さんが台所からひょっこり顔を出した。

「おかえりなさい」

帰った第一声でバンッ。カズくんの言葉が頭に蘇り、私は覚悟を決めた。

「あ、あの高橋さん」

だが、私の覚悟は簡単に遮られた。

「ちょうどよかった」

「え？」

「咲子さんに謝らなければならないことが二つあります」

「え？」

「こちらへ」

完全に会話の主導権を高橋さんに奪われ、戸惑いながらついていくと、ダイニングテーブルには既に夕飯が並んでいた。並んでいる、というのは表現がちょっとおかしい。野菜たっぷりのおでん、茶わん蒸し、ロールキャベツに焼うどん、野菜の煮物など。テーブル上を埋めるように、所狭しと料理たちが置かれている。

「つい作り過ぎてしまいました。ごめんなさい」

「謝ることじゃないですよ！　凄いご馳走ですね！　あったかいうちに食べましょう」

「はい」

急いで手を洗い、コートだけ部屋に投げ入れると私は席に着いた。

「いただきます！」

手を合わせてから箸を持ったが、どれから食べようか、目移りしてしまう。迷った末に、昨日中止になったおでんから攻めることにした。お出汁の味が芯まで染み込んだ大根をハフハフしながら噛みしめる。じゅわっと幸せが口の中に広がる。

「美味しい。こんなに沢山大変だったんじゃないですか」

「いえ、心のままに作り続けたお陰で、少しだけすっきりしました」

「すっきり？」

いただきますを言ってからいまだ箸を持たず、高橋さんは膝に両手を載せている。

「二つ目の謝らなくてはいけないことです……ここ最近、僕、嫌な感じでしたよね。ごめんなさい」

高橋さんはそのまま頭を深く下げた。

「え、いや、嫌な感じとかでは……元気ないなとは思ってましたが」

「やっぱり伝わってましたよね、ごめんなさい」

「……あの、なんかあったんですか？」

高橋さんは固まったまま黙っている。深く聞いてほしくなかったのだろうか。

「あの、とりあえず顔をあげてください。ご飯食べましょう」

やっと顔をあげた高橋さんは、浮かない表情のままお箸を手に取った。そして、焼うどんを皿によそいながら、重い口を開いた。

「……実は昇進しました」

「え」

「店長代理に」

「ん？　それは、おめでとうございます……？」

「なんだと思います、本来は」

「というと？」

「店長に言われました、『ゆくゆくは店長やってもらうつもりだから』と」

高橋さんの言葉はため息と憂鬱さにまみれている。

「それは、やはり『おめでとうございます』では？」

「ですかね。でも僕は出世とかは特に望んでいないのでやんわり断ったんです。それでも店長はひかなくて、『君の気配り力を買ってるんだよ』『これからは野菜売り場だけじゃなくて店全体を見てほしい』と説得されました」

私が店長でも、高橋さんを重要な役職につけたくなるだろう。説得する気持ちが分からなくもなかった。

「その後、言われたんです。『これからは従業員の管理をして、野菜売り場は水谷《みずたに》くんに任せてほしい』と」

「水谷くん、とは？」

「僕の後輩にあたる社員です。僕が怪我している際、野菜売り場で頑張ってくれたらしく……あと豊玉さんって覚えてますか?」

「はいもちろん」

我が家に沢山料理の差し入れをしてくれた黒髪の綺麗な人だ。カズくんの見立てでは、たしか高橋さんに好意を持っていたはずだ。

「春になったら、豊玉さんと水谷さんがご結婚されるそうです」

「え!?」

「店長いわくですが、僕がその、咲子さんと一緒に住んでいることが分かってから二人が急接近したらしいです」

私の疑問を察知して高橋さんは口早に、そして興味なさそうに説明してくれた。説明を聞いても、頭に浮かぶのは「恋愛ってよく分からない」だった。

「ということで、ここのところ引き継ぎ仕事ばかりでして……咲子さんにあたってしまったんです。ごめんなさい」

再び頭を下げた後、高橋さんは焼うどんを一口すると、またため息を吐いた。

「……改めて思いました。この仕事、向いてないなと」

「え、向いてないんですか?」

「家から近くて、野菜に関われるからスーパーを選んだだけなので。野菜要素が抜けると、お客さんと関わらねばならない時も多いですし」

「なるほど」

てっきりスーパーでの仕事が大好きなのかと思い込んでいた。将来の夢はお野菜王国を作ることだったと、この前言っていたくらいだったから。

「店長が言うんです。『所帯を持つんだからやりがいのある仕事、何かやらせてあげないとね』と。なぜ誰かが結婚しただけで周りが変化しなければならないのか……謎過ぎます」

その後も夕飯が終わるまで、高橋さんの店長への愚痴はポツリポツリと湧いては吐き出されていった。料理はどれも美味しかったし、高橋さんが心を開いてくれている気がして、嬉しかった。カズくんの言う通り、変な気を遣い過ぎず、もっと早くズバッと聞いていればよかったのかもしれない。

皿洗いを終えた私は、高橋さんと食器を片付けながらズバッを実行することにした。

「あの……仕事のことなんですが」

「大丈夫です。割り切ります。庭で野菜を作ってもいいし。人生の楽しみを見つけます」

高橋さんはさっきとは打って変わって、どこか晴れやかな顔をしている。

「そこなんですけど、そこまで気持ちが傾いているならいっそスーパーを辞めてもいいんじゃないかって」

「できません、それは」

一瞬も考える余地はない。そんな強い意志、いや拒絶を感じた。

「この家の、すぐ近くで働きたいので」

「でもここから通える仕事を探せばいいのに」

「僕今年で四十ですよ？　他の場所で働くなんて……そもそも雇ってくれる場所があるのかどうかも」

高橋さんらしからぬ自虐めいた言葉だった。

「そんなことは、ないと思いますけど」

「今となっては、この家を守るのが、僕が祖母にできる唯一のことですから」

「守る、ですか？」

「はい」

当然のように高橋さんは頷く。彼の言葉がこんなに腑に落ちないのは初めてのことだった。

「あの、守るとは、具体的にはどういう……」

「え？」

「この前話したじゃないですか、ベターよりベストな家族を目指すって。だから何かできることがあればなって」

「そうでしたね」とか「話すと長くなりますがいいですか」とか、そんな答えが返ってくると思っていた。だが高橋さんはゆっくりと首を振った。

「お気になさらず。もう過ぎたことですから」

「え、それって」

どういう意味なのか聞きたかったのに、高橋さんは食器を拭いていたふきんをいつもの場所に戻すと、「お風呂入ってきますね」とこちらの返事を待たずに風呂場へ向かってしまった。

これまでだって高橋さんの言葉が腑に落ちないことはあった。それはあまりに正論だったり、分かっていても割り切れないというような、そんな類のものだった。

でも今回は非常にモヤモヤする。はぐらかされたような拒まれたような。一緒に暮らし始めてから少しずつ埋めたつもりになっていた溝のようなものが、くっきりと浮き彫りになった気がした。

その夜は目を閉じると、子供についての未練を語る猪塚社長や、赤ちゃんを見て微笑む高橋さんの姿が浮かんでは消えて、なかなか寝つくことができなかった。

たわわに実るミニトマトを前に、自然とため息が漏れていた。

「ごめんなさいね、こんなことやらせて」

ため息が聞こえていたのか、猪塚社長の声が飛んできた。彼女と私は今、ビニールハウスの中で、ミニトマトを収穫している。

「あ、いや、私のほうこそすみません」

企画の話を進めるために、畑の仕事を手伝いたい。そう提案したのは私のほうだった。それなのに高橋さんとの一連のことを思い出して、上の空になっているなんて。失礼なことをしてしまい、更に気が沈んだ。

「私でよければ聞くけど……ほら、この前、私も聞いてもらったし」

優しくて、静かに人の心に寄り添ってくれる。そんなところがどことなく高橋さんに似ている。社長に聞きたいことが全部私の勘違いならばそれでいい。でももしそうじゃなかったら、多分、非常に踏み込んだことを質問することになるんだろう。ぼんやりとそれだけは分かっていた。聞くべきか迷った挙句、気づくと私は喋りだしていた。

「前に社長がお話されてた、お付き合いしていたまるまるの人って……高橋さんですか？」

ミニトマトを捥《も》ぐ社長の手が止まる。

「あ、違ったらすみません。あと仕事に全然関係ないことなので不快だったら——」

彼女は私の言葉を最後まで聞くことなく、「うん、そう」と頷いた。

「高橋羽のことだよ」

社長は柔らかい微笑みをたたえながらも、こちらをじっと見つめている。まるで私の表情の変化を何ひとつ見逃すまいというように。

「……もしかして兒玉さん、羽と付き合ってる？」

「あ、いや違います。今一緒に住んでますが、そういうのではなくて」

「一緒に!?　あの、羽と？」

社長は心底驚いた様子で目を丸くする。

その反応は分からなくはなかった。一緒に住み始める前は分かっていなかったが、高橋さんは誰かと一緒に住むことを容易に受け入れるタイプの人ではない。彼が聞いたら嫌がるだろうが、私との生活を受け入れてくれたこと自体、奇跡的なことなのだと思う。

「はい、それで……社長、前に高橋さんとのことで、後悔していることがあるって言いましたよね」

「あ、あれは別に未練があるとかじゃないからね」

「分かってます」

色んな点と点が繋がっていくなか、浮かび上がってきた疑問を私は口にした。

「じゃあ高橋さんも欲しがっていたんでしょうか……その、子供を」

たっぷり間を取ってから社長は首を横に振った。

「……そうね。羽がと言われるとアレだけど」

その言葉はどこか意味深で、別の答えを覆い隠しているのは明白だった。でも更に問いかけることはできなかった。これ以上は高橋さんがいないところで話してはいけない気がした。

社長も同じことを考えたのか、「あ、そうだ」と話題を変えた。

「ねぇ、おばあちゃんは元気？　まだ味噌とか手作りしてるの？」

「あ、いや私と住み始める前に亡くなったそうです」

社長の顔から、初めて笑顔が消えた。

「そう……そうなの」

その声は震えていた。

「……社長？」

口を噤んだまま社長は俯き、静かにその場にしゃがみ込んだ。今まで見たことのない彼女の姿に私は動揺してしまい、慌ててコートのポケットからハンカチを取り出した。

「泣いてない泣いてない、まだ！　うん、そっか、亡くなったの」

社長は必死におどけようとしたが目から大粒の涙がこぼれ落ちた。

「ごめん。やっぱり借りていいかな」

渡したハンカチで涙を拭いながら、何度も大きく息を吐く社長の胸元で、ネックレスの小さなチャームが揺れている。後悔と困惑と反省に押し潰されて、私はただ立ち尽くし、揺れているチャームを眺めることしかできない。高橋さんに、なんて話せばいいんだろう。

＊　＊　＊

咲子さんから電話がかかってきたのは、休憩を終えて仕事に戻ろうとしていた時だった。仕事中に電話をかけてくるなんて初めてのことだ。スピーカーから聞こえてくる彼女の声は元気がなく、そして重かった。

「あの、ごめんなさい。突然なのですが、猪塚社長を家にお連れしてもいいでしょうか」

まさかの名前が飛び出して、僕は無意識にごくりと唾を飲んだ。

「……今からですか」

「はい。おばあさまの話をしたら、お線香をあげに行きたいとおっしゃられていて……もちろん今日でなくても、いつでもいいそうですが」

答えに迷い、沈黙が落ちた。それに耐えられなかった咲子さんは、「あの、色々ごめんなさい。急にこんな話になったことも……その、二人のこと、探りを入れるような真《ま》似《ね》をしてしまったことも……本当にごめんなさい」と謝罪を繰り返した後、彼女は恐る恐る聞いてきた。

「怒ってますよね」

「驚きが勝ってますね」

嘘偽りのない、正直な気持ちだった。

「僕と遥が知り合いと気づいていたなんて、全然分かりませんでした」

「ごめんなさい。やっぱり高橋さんが嫌なら、この話は」

「いえお待ちしてます……ではまた」

咲子さんの答えを待たずに僕は電話を切った。遥のことだ。咲子さんが断ったところで、我慢できずに家に来るだろう。頭の中で「遥」という名前を呟いた時、ずっと蓋をしていた思い出が堰《せき》を切ったように溢れ出てきた。


彼女は専門学校時代の友人だった。

友人といっても、教室で顔を合わせたら挨拶し合う、その程度のものだった。この頃の僕はまだ自分がアロマンティック・アセクシュアルであると自覚はしていなかった。でも周りが思春期を迎えたあたりから恋愛事から逃れるために必死で、誰かと必要以上に群れることを避け続けてきたのである。だから三十歳を迎えた年に、専門学校時代の同級生から結婚式の招待状が届いた時には非常に驚いた。

彼は学生時代、「どうせ僕はモテないし」と口にすることはあっても、僕に恋愛にまつわる話を振ってくることがなく比較的居心地がいい存在だったのだが、卒業後はすっかり疎遠となっていたのだった。めでたい席に僕がいても場が白けるだけだろう、そう思い、丁重にお断りしようとしたが、おばあちゃんに招待状が見つかってしまった。めでたい席なのだ、社会勉強と思って行ってこい。そんな言葉を重ねられて渋々向かった披露宴の席の隣に、遥がいた。

遥は黄緑色のタイトなドレスに身を包んでいた。旬のアスパラガスみたいだなと思ったのでよく覚えている。僕がやってきた頃には、彼女は既にグラスワインを二杯飲み終えていた。二日前に長年付き合っていた恋人にフラれたらしく、彼女の言葉を借りれば「非常に荒れている」状態だった。披露宴が進む中、元彼への愚痴と酒が止まらず、新婦による両親への手紙朗読が終わる頃には酔い潰れて、最終的にご馳走とたらふく飲んだワインを全てもどしてしまったのだった。

同じテーブルの同級生の力を借りて、彼女をタクシーに押し込んだ時は、もう二度と彼女と会うことはないだろう、というか彼女が顔を合わせたくないだろうと思っていた。だが、次の休日、なんと彼女は僕の家を訪ねてきたのだ。酔い潰れた彼女に渡した僕のハンカチを返しに、わざわざ足を運んだらしい。住所は専門学校時代の名簿で調べたそうだ。

「ハンカチ、差し上げたつもりだったんですが……」

「だろうなと思ってた。でも直接謝りたくて。ごめんね、迷惑かけちゃって」

「いいえ、わざわざありがとうございました。では」

ハンカチを受け取ってリビングに戻ると、おばあちゃんがヤカンで湯を沸かしていた。僕が一人であることに気づくと、おばあちゃんは呆れて「玄関でさよならなんてありますか。失礼でしょ」と、すぐに遥を呼び止めるように僕を焚《た》きつけてきた。失礼なことをされたのは僕のほうなのだが、そう言い返しても仕方ない。言われるがまま玄関に戻り、外を覗くと彼女は石段を下り終えたところだった。引き戸が開いた音に反応して振り返った彼女と目が合う。

「祖母がお茶を淹れたそうです。よかったら」

遥は戸惑いながらも、また石段を上ってきた。家に案内すればおばあちゃんが何か話しかけるだろう。そんな気持ちでいたのだが、おばあちゃんは僕らと入れ違いに買い物に出かけてしまった。

「今ケーキを買いに行っているそうで……すみません、それまでは」

遥は「うん」と頷いてはくれたが、会話は弾まず。やけに時計の秒針の音が大きく聞こえた。呼び止めたことを猛烈に後悔している僕を救ってくれたのは、遥だった。

「あれ？　これ」

遥が手に取ったものは、僕の愛読する『月刊野菜と果実』だった。

「羽くんも買ってるの？」

「ええ、定期購読してます」

「私も！　先月号のあの記事よかったよね。えっと」

「水耕栽培のですか？」

「そう！　あれ見て私、水耕栽培のキット買ってさ！」

「僕もです」

気づくと、僕は庭に植えた植物や最近買った面白かった本を彼女に紹介していた。遥もマンションのベランダでラディッシュやパプリカを育てているそうで、彼女は目を輝かせて、その写真を見せてくれた。そこにおばあちゃんも加わり、また話は盛り上がっていく。おばあちゃんは楽しませ上手な人だった。

あっという間に時間が過ぎ、気がつくと日がとっぷりと暮れてしまっていた。おばあちゃんに促されて、遥を駅まで送ることになった。

「ありがとう、いい休日になった」

駅に着いて、彼女は別れの挨拶を手短に済ますと、振り返ることなく改札を通っていった。

「……またよければ遊びに来てください」

気づくと彼女の背中に声をかけていた。おばあちゃんに言われたわけではなく、自分の中から湧き出た言葉だった。

「あんなに楽しそうな祖母は久しぶりだったので」

振り返った遥は大きく腕で丸を作ると、ホームへと続く階段を駆け上っていった。

こうして遥との日々が始まった。

腰を悪くしてから、外出が少なくなったおばあちゃんが、遥のために美味しい紅茶を買いに遠出をし、新しい服を買い、髪を染めて身だしなみを整えてくれる。彼女はすっかりおばあちゃんに懐き、僕がいない時も一緒に味噌を造ったり、ランチをしたり映画を観たりと、遊びに出かけていた。

気づくと彼女が家にいることが当たり前になっていた。二人で話すことといえば、基本は野菜や食べ物の話で、恋愛話がなくとも同年代の誰かと盛り上がれることを知った。

そんなある日、庭で鉢植えに花の種を植えていると、遥が駆け寄ってきた。

「見て、これ貰っちゃった〜」

それはおばあちゃんが大切にしていたネックレスで、かつて母が譲り受けていたものだった。娘夫婦の不仲による喧嘩に怒りを募らせたおばあちゃんは、ネックレスや指輪など、自分がプレゼントしたものを母から回収したのだった。今考えれば、それもなかなか凄い話だ。ネックレスを見せられて、母を思い出しかけた僕はすぐに鉢植えに目線を戻した。

「哺乳類は進化の方向を間違えましたよね」

「は?」

「こんな風に子孫を残す方法もあったはず……こうならよかったのに」

「え?　パパ願望とかあったの、羽」

冗談めかして言う遥に、つい真顔になってしまう。

「今の、そういうことになるんですか?」

「まぁ分かるよ、私たちいい歳だしね。おばあちゃんにもひ孫の顔見せたいもんね」

おばあちゃんがそれを強く望んでいることは分かっていた。でも、その気持ちにどう応えていいのか自分でも分からなくて、僕はひたすら土いじりを続けていた。

「ねぇ私たちが夫婦になれば、すんごい可愛い赤ちゃん生まれそうじゃない?」

あまりにも軽い口調だったので、僕は面食らってしまった。冗談なのかどうかの判断もつかず、しばらく考えたのちに「本気、ですか?」と質問返しすることしかできなかった。

「え、あ、うん。そういう感じ……出してるつもりだったんだけどな?」

彼女が僕に向ける好意に、もちろん気づいていた。けれど彼女は僕に触れようとするでも愛を囁《ささや》くでもなく、その好意が恋愛感情なのか、ずっと判断しかねていたのである。

彼女から初めて好意を口に出された時、僕はどう思ったかというと、小さな希望のようなものを感じていた。遥との時間は心地いいものだったし、これが彼女の言う「恋愛関係」ならば、自分にもできるのではないか。そして、いつかおばあちゃんがずっと望んでいたものを見せてあげることができるかもしれない。

そう、この頃の僕は希望が何かという理解がおよばない残酷な人間だったのだ。

恋人同士になってすぐのこと、読書する僕の前に遥が小さな箱を差し出した。

「……開けてみて」

言われるがまま箱を開けると、そこには見覚えのあるものが入っていた。それはおばあちゃんとおじいちゃんの指にはまっていたペアの結婚指輪だった。

「見せてくれたの、さっきおばあちゃんが。おじいさんがご両親から受け継いだものだって、いずれはあなたの物になるのよってさ。これってこの前のプロポーズの返事ってこと？」

「プロポーズ？」

「忘れちゃった？　私たちが夫婦になれればって」

あれがプロポーズになるのか。子供の話はしたが、僕の中で結婚というものははるか遠く先にぼんやりと見えるか見えないか、そんなものだった。数日前に彼女の好意を認識したばかりで話が急過ぎるのではないか。

「ん」

僕を置いてきぼりにしたまま、遥がこちらに左手を差し出してくる。指輪をはめてほしいことは分かった。彼女はゆっくりと物事を進める気はないのだ。子供だっておばあちゃんが元気なうちに生まれたほうがいいに決まっている。彼女に希望を見出《みいだ》したならば僕だって遥に応えなければならない。

僕はゆっくりと指輪を箱から取り出した。ただ指輪をつけるだけ。そのために遥の手に少し触れるだけ。頭で何度も言い聞かせてみたものの、駄目だった。どうしても、遥に触れることができない。それだけではない。結婚が現実味を増した途端、どうしようもない不安が押し寄せてきた。僕らの結婚の先にあるだろう未来が何も想像できない。このまま話が進んでいくのがただ怖かった。初めて遥がこの家に来た時のように秒針の音が響き、時計までもが僕を急《せ》かしている気がした。手が震えてしまい、指輪が今にも手から滑り落ちそうだ。

「羽？」

僕はそのまま指輪をテーブルに置いた。手の震えのせいで指輪がカタカタと鳴る。

「……あの、自分でつけてもらうことは」

遥は「え」と短く声をあげ、震え続ける僕の手に、いや僕に、他の星からやってきた何かと出会ったような目を向けていた。

「ごめんなさい……ごめんなさい」

口から漏れるのは遥への謝罪の言葉だけだった。深く傷つけたこともこれで全てが終わりなことも分かっていた。それでも僕は、最後まで彼女の顔をまともに見ることができなかった。

それから、どうやって遥が家を去っていったのか、記憶がおぼろげだ。ただ最後に交わした言葉ははっきりと覚えている。僕が不用意に発した「もしよかったら祖母とは会ってあげてほしい」という言葉に、彼女は悲しそうに唇を震わせて、でも無理に笑って言ったのだ。「それは無理」と。

僕たちが別れたことを知ってから、おばあちゃんは一度も遥の名前を口にしなかった。彼女はまた化粧をしなくなり、腰が曲がり、髪は真っ白になった。テレビの前でうたた寝ばかりするようになった。すっかり老いきってから、おばあちゃんは亡くなった。

それから約十年、僕らは一度も顔を合わせていない。

遥と咲子さんが家に着いたのは、僕が帰った時間とさほど変わらぬタイミングだった。咲子さんは僕に何度も謝っていたが、正直ほとんど耳に入ってこなかった。

遥と顔を合わせた時に何を言うかをずっと考えていたはずなのに、彼女の胸にまだおばあちゃんのネックレスがあると気づいてからは頭が真っ白になった。真っ白になった後に浮かんできたのは、早退して茶菓子でも買ってくるべきだったか、リビングだけでも掃除すればよかったかなど、小さな後悔ばかり。そんなくだらないことが頭の中で渦巻いていて意識がぼんやりとしていた。

遥は僕への挨拶を手短に済ますと、おばあちゃんにお線香を供えて、手を合わせた。昔より日に焼けた彼女の手にはホクロやシミが目立つ。お互い歳を取った。おばあちゃんの位牌《いはい》から顔をあげた彼女は、ゆっくりと室内を見回している。

「昔のまんまだね、この家も羽も……今もあのスーパーで働いてるの？」

年月を感じさせない、昨日まで毎日話をしていたかのような、そんな口ぶりだった。僕が頷くと、「そう」と遥は答えただけで、会話が終わってしまった。口を噤んでしまった僕らを見て、咲子さんは何を話すかを考えているようだったが、「とりあえず、お茶淹れますね」と言い残して、僕らを二人きりにしようとしてか、台所に向かおうとする。

「地方に住んでる知り合いの農家さんが、面白いことやっててさ」

遥が話し始めたので、咲子さんは足を止めた。

「村おこしの一環でね、農家さんのところで働きながら、今は使われてない畑で農業のスキルを教わるの。教わり終えたら、耕した畑を自分のものにして農家デビューできるんだって……どうかな、羽」

遥は様子を窺うように、じっと僕の目を覗き込んでいる。

「どうかな、と言われても」

「……そろそろいいんじゃない？　おばあちゃんは」

咲子さんは台所にも行けず、僕らのところにも戻れず、リビングの中途半端な場所でつっ立ったまま、会話を聞いていた。

「私と付き合ったのも、子供が欲しかったのも、全部おばあちゃんのためだったんだよね」

何もかも見透かされていた。カッと耳の裏が熱くなり、嫌な汗が身体に滲む。

「ごめんね、久しぶりなのに」

遥の謝罪は全く悪く思っていない、形だけのものだった。

「でも、ずっと思ってた……もっと自由に生きてほしい。おばあちゃんのためじゃなくて」

「祖母の話は、もう」

耐えられずに話を聞くのを拒んだ僕を見ても、彼女は顔色ひとつ変えなかった。

「すみません……遥の心遣いには感謝しかありません。昔も今も……ですが僕はこの暮らしがいいんです。ずっとこのままが。なので……ごめんなさい」

ずっとこのまま、この家と共に朽ちていきたい。それがささやかな僕の願いだ。

「そう、分かった」

遥はそう言うとコートを手に取った。

「元気でね」

咲子さんは彼女を見送ろうとしていたが、「タクシーを拾うから大丈夫」と遥は譲らず、結局僕らは玄関で別れた。今度こそ、もう会うことはないだろう。僕と咲子さんは彼女が見えなくなるまで、その背中を見送った。

「すぐご飯にしますね、昨日の残りですが」

遥が見えなくなった後、台所に立つ。咲子さんとどう顔を合わせればいいか分からなかった。

「……あの、いいんですか」

「何がですか」

咲子さんに問われた時も、僕は冷蔵庫から余り物を次々と取り出して、夕飯の準備に追われるふりをした。

「さっきのお話……とてもいい話ですよね」

「いいじゃないですか、それは」

「でもスーパーの仕事もあれですし、ほらお野菜王国！　高橋さんの昔からの夢を叶えられるし」

腹が立った。咲子さんはきちんと理解して僕に助言をしているのだろうか。彼女が言う選択を僕らが取った先の未来を、想像できているのだろうか。

「咲子さんはおしまいにしたいんですか」

僕は、苛立ちをそのまま彼女にぶつけた。

「えっ」

「家族カッコ仮を」

「いや、まさか」と、咲子さんが激しく首を振る。

「僕もです。なのでこの話は終わりです。お風呂洗ってきてくれますか」

咲子さんは間を空けて「はい」とだけ言うと、風呂場に向かっていく。台所で一人になった僕は、昨日ご馳走だったものの残りを電子レンジに押し込んだ。

恋せぬふたり

寝坊した。昨日なかなか寝つけずに布団で鬱々としていたら、いつの間にか寝落ちしたらしい。パジャマのまま部屋を出てそっと台所を覗くと、高橋さんはうどんを踏み終えて、包丁で切っているところだった。昨日は夕飯の間もほぼ無言で、高橋さんはお風呂に入ると早々に部屋に戻ってしまった。これといって喧嘩などをしたわけではないが、間違いなく今の私たちはすれ違っている。なんだか非常に気まずい。

挨拶するのを躊躇していると、高橋さんがこちらに気づいた。

「おはようございます」

「このくらい寝坊に入りませんよ。ごめんなさい、ちょっと寝坊して」

「はい。あ、じゃあお膳立てを」

「先に身支度整えてきたほうが……バタバタしないで済むかと」

「あ、はい」

言われるがまま部屋に戻ってきた途端、「んん?」と独り言が漏れた。高橋さんは昨日のことを引きずっていないのか、いつも通りだ。むしろ、いつも通りすぎる。まるで猪塚社長に会ったことも、あの時の会話も何もなかったかのようだ。

急いで着替えて寝癖を整えてからリビングに戻ると、ちょうど高橋さんが朝食をテーブルに並べていた。アツアツのカブと白菜の卵とじうどんと、三日目のおでんからは湯気が立っている。

「いただきましょう」

「はい、いただきます」

高橋さんと席に着き、手を合わせる。ふぅふぅと息を吹き、うどんをすすりながら、はす向かいを見やる。高橋さんは味が染みて茶色くなったおでんの卵をゆっくり味わっていた。

普段からお喋りが止まらないという関係ではないが、二回続けての沈黙ご飯はさすがに堪《こた》える。かといって何を話していいかも分からず、うどんをすすり続けることしかできない。

「何がいいと思います？　結婚祝い」

うどんをほぼ食べ終えたところで、高橋さんが切り出した。

「えっ」

「豊玉さんと水谷さんに何を渡すか考えてほしいと。これも店長代理の仕事だそうで」

やっぱりだ。高橋さんは昨日のことをなかったことにしようとしている。

「えっと」

「豊玉さんお料理が好きなのでキッチングッズか、無難にいいバスタオルか」

このまま流されてしまっては、私もなかったことに同意したようになってしまう。

「……あ、あの、高橋さん」

「はい、なんでしょう」

「昨日の、お仕事のことなんですが」

「その話はもう終わりました。ご馳走様でした」

話をばっさり打ち切ると、高橋さんは手を合わせ、食器を重ねて台所に去っていった。

昨日からずっと高橋さんに拒まれ続けているとしか思えない。分かりやすく壁を作られて私は何も言えなくなってしまう。しつこくされることが嫌いなことは分かっている。

でも、このままでいいとはどうしても思えない。伝えたいことがうまく伝わらないもどかしさが、澱《おり》のように溜まっていく。

もどかしさで胸をいっぱいにしながら会社に向かっていると、後ろから「お～い」と声をかけられた。振り返るとカズくんが駆け寄ってくる姿が見えた。朝から上機嫌で足取りも軽やかだ。

「さ、く、こ！　おめでと～！」

「おめでとう？」

「あれ、メール見てねぇの？　咲子の恋するクリスマスの企画、社長賞に選ばれたって！」

「え、嘘!?」

「んな嘘つくかよ！　やったな、あれじゃん、賞状もらって社内誌載っちゃう系じゃん！」

「だね」

「パ〜ッとお祝いしねぇとな！　俺と高橋さんでガチウマのご馳走作ってやるよ」

「……うん」

「んだよ、さっきからノリ悪ぃな」

入社してすぐ、先輩と一緒に企画したフェアで社長賞を貰ったことがある。あの時はお母さんがちらし寿司《ずし》を作ってくれた。

高橋さんなら私に何を作ってくれるのだろう。そこまで考えて昨夜の高橋さんがチラつき、また澱が溜まっていく。

「……ねぇ、仕事って、別に人生の全てじゃないけど、嫌だったり退屈だったりする仕事より、夢中になれるようなことのほうがいいよね？」

「そりゃあな」

さらりと返事するカズくんに、胸に溜まったものが噴き出した。

「だよね!? やりたいことあるなら、それやったほうがいいよね？ だって仕事してる時間って一日の中で凄い割合だし！」

私の勢いに、珍しくカズくんのほうが少し引いている。

「え、何、また高橋さんとなんかあった？」

「……お昼、時間ある？」

行きたい店がある。そう言ってカズくんが連れてきてくれたのは、会社から離れた場所にある洋食屋さんだった。

店の奥には小さな庭があって、私たちはそこのテラスに通された。店員さんから渡されたブランケットを膝にかけても少し肌寒いくらいだったけれど、きっとカズくんは周りを気にせず話せる場所を選んでくれたのだと思う。その気持ちが嬉しかった。私が事の経緯をかいつまんで説明した後、カズくんは口にソースをつけたまま「ううん」と唸り黙った。「はぁ？ 何それ、高橋さん意味分かんねぇ！」と声を荒らげると思っていたから、予想外の反応だ。

「カズくん？」

「俺は分からなくないけどね、高橋さんが今の生活選ぶってのも。新しいこと始めるのって割とリスクあることだろ。俺も転職するとき悩んだし。失敗しても元に戻れるわけでもねぇし」

「それは、うん」

「色々事情があるんだろうし、そこらへんは別につっこまねぇけどさ。つまり高橋さんはリスクある楽しそうな仕事より、つまんない仕事でも咲子と暮らす毎日を選んだんだよ」

私と暮らす毎日を、選んだ？

「咲子との毎日がそれだけデッケェものになってんだよ。ちゃんと恋愛抜きで家族になってんだよ。喜ぶことだと思うけど、俺は」

カズくんはそこまで言い終えるとようやくナプキンで口を拭った。

「……そう、なのかな」

「え、朝、自分で言ってたじゃん、別に仕事が全てじゃないって」

「だけど、でも」

「今の暮らし続けたくないの？　咲子は」

慌てて首を振る。

「それ、高橋さんにも同じこと言われた」

「そりゃ言うだろ。ていうかさ、いまいちよく分かんねぇんだけど、咲子はさっきから何に悩んでんの？」

「それは……」の後に言葉が続かず、唸ることしかできなかった。

澱のように溜まったもどかしさは、結局、自分自身に向けられたものなのかもしれない。営業に出かけるというカズくんと別れた後も、しばらく「何に悩んでんの？」というカズくんの声が頭の中で響き続けていた。


「ちょっと勘弁してよ〜」

ベビーベッドで眠る赤ちゃんを眺めていると、みのりが苦笑しながら注意した。食べ終えた夕飯のトレーを脇に置き、彼女はノートに何個もの赤ちゃんの名前を書き連ねていた。名前が決まらず毎日悩みまくって吐きそう、らしい。

「そんな辛気臭い顔で見舞いとか……私をねぎらう気ゼロ？」

「ごめん」

翌朝、みのりと赤ちゃんは退院する。お父さんとお母さんが迎えに来て、実家に戻るそうだ。そうなるとしばらく赤ちゃんには会えなくなるかもしれない。そう思って、仕事終わりに急いで病院にやってきたのだ。

「お姉ちゃん、そうやっていつも思ってること溜め込んでさ。子供のこともお義兄さんに聞くのやめたとか言ってさ」

「あ、その件は」

名前の候補を書く手が止まり、みのりが食いついた。

「え？　話したの？　それで？」

「欲しくないみたい。それ聞いて、私……かなりほっとしちゃって」

そうなのだ。遥さんと高橋さんの話を聞きながら、私はどこか安堵していた。

子供について高橋さんと話さなくていい。子供を産むかどうか悩んだり、子供を持つ方法を模索したりしなくていいのだと。

「子供のこと、私も高橋さんと同じだったみたい。子供は大好きだけど、別に自分で産まなくていいというか。こうして赤ちゃんや摩耶と会ったり遊んだりするので私は充分だなって」

自分が導いた答えを話す間、妹の顔を見ることができなかった。また呆れられたり、怒鳴られたりするんじゃないか。否定されるんじゃないか。今、自分が元気じゃない分、怖かった。

でも、恐る恐る見たみのりの顔はとても柔らかかった。

「……よかった」

「えっ」

「いや、この前言ったこと、ちょっと反省してさ……子供欲しくない人に無理に勧めるのとか、違うよなって」

「みのり……」

「いや忘れてたわ、このしんどさ。全然寝れないし、おっぱいもおまたも痛いし、足パンパンだし、摩耶は実家で赤ちゃん返りしてるみたいだし。また私、〝大人すごろく〟にこだわり過ぎてたのかなって。ごめんね」

「いや、謝ることじゃ」

「はい！　これでお姉ちゃんの悩み解決だね」

私のことを、結構心配してくれていたのだ。みのりの不器用な優しさに頬が緩んだ。

「え、お姉ちゃんの悩み、まだあるわけ？　何、何に悩んでんの？」

よほど私は思っていることが顔に出やすいらしい。それとも姉妹だからだろうか。カズくんに続いて、また言われるとは思わなかった。向き合わないことには、前に進めないようだ。

「あ、や……ちょっとまだうまく言葉にできないんだけど」

描くてもいいから今の気持ちを伝えてみよう。そう思って、話しだそうとすると、すぐに遮られた。

「あ、私そろそろおっぱいあげないと」

みのりは私から目線を外して、何かを見てにっこり目を細めた。

「だから続きはお母さんにしな」

後ろを振り返ると、どこか気まずそうにしているお母さんが立っていた。

お母さんが今日病院に来るのは二度目らしい。日中、摩耶を連れて見舞いに来たそうだ。摩耶はみのりがいない日々が寂しくて始終不機嫌で、家に帰ってからもグズり続け、やっとさっき泣き疲れて眠ったそうだ。そんな彼女を仕事から帰ったお父さんに任せて、買い物がてらまたみのりに会いに来たのだ。

そんな話を病室でみのりに向かって口早に説明している間、私のほうは一切見ようとしなかった。今もなお、二人きりで病院近くの公園を歩いていても、一言も口を利いてくれない。時間だけがただただ流れていく。

日もすっかり暮れて、公園で遊ぶ子供たちも家路を急ぎ始める。家でお母さんを待っているであろう摩耶やお父さんの顔が浮かんだ。

「ごめん、変な感じになって……別に私、大丈夫だから」

無理に話すのも違うと思い、この時間を終わらせようとした。

「仕事？　友だち？　それとも高橋さん？」

お母さんは矢継ぎ早に訊ねると、すぐ近くのベンチに腰をかけた。

「高橋さん、です」

隣に座る気にはなれず、目の前に立ったまま答えた。

「あ、いや、喧嘩ってわけじゃ……高橋さんに新しい仕事の話が来てて」

お母さんの顔が一気に険しくなる。

「もう一緒に住めないって？」

「違う違う。高橋さんすぐ断ってた。でも……絶対やりたい仕事だと思うんだ」

「それで？」

「高橋さん的に、おばあちゃんが残してくれた家を空けたくないみたい。あと私との生活を続けたいと思ってるみたい……それで、その」

やっぱりこの先の言葉がうまく紡げない。

だから私は反対したんだと怒られたり、何を悩んでいるのかと問いただされたりすることを覚悟した。でも、お母さんの反応はみのりやカズくんとは少し違っていた。

「咲子、あなたはどうしたいの、どうしてあげたいの？」

「えっ」

「家族ってね、家族一人一人の『どうしたい』と『どうしてあげたい』が常にぶつかり合うものだと思うの。本当はぶつけ合うものじゃないかもしれないけど、でもそうなりがちなの」

いつもの「なんでも決めつけて話を進めるお母さん」はそこにいなかった。

「喧嘩？」

「今でも思ってる。あなたが誰かいい人見つけて、結婚して子供産んでほしいって。それがお母さんの知ってる幸せだから」

それが、お母さんにとっての「普通」であることは私も分かっている。言葉を区切ってから、小さく息を吐くとお母さんはまた口を開いた。

「でもこうも思ってる……恋愛しない道を選んでもいいって」

「お母さん？」

「だからその代わり、お母さんが知らない形の、恋愛抜きの幸せをしっかり摑んでほしい。お母さんは、ただあなたを幸せにしてあげたい……それだけ」

お母さんなりに私を分かろうとしてくれているのだ。湧きあがってくる感情で胸が詰まって、いっぱいだった。

「この前、病院で会った時、嬉しかったの」

お母さんの鼻の先が赤くなっている。私もお母さんも泣くのを我慢していた。

「あなた、なんだか背筋が伸びて、なんていうかいい顔になっていたから……それは高橋さんとの暮らしのお陰なんだろうなって、これでよかったんだって」

「え、でも会った時怒ってたじゃん」

「そりゃ、あんた。あんな啖呵《たんか》切って出ていった娘とすぐニコニコ話せないよ！　そんなに大人じゃないもん、お母さん」

口を尖らせるお母さんに、思わず噴き出してしまった。

「何それ」

「うっさい！」

つられてお母さんも笑っている。

「とにかく、だから、あなたたちの幸せ、よく考えて、全部ぶつけてみなさい……あなたの中にある『どうしたい』と『どうしてあげたい』を」

「うん」

「もし全部ぶつけて、無下にされたり何かされたりしたら帰ってきなさい……いや」

そこまで言ってから、お母さんは手を伸ばして、私の身体にそっと触れ、手を握った。

「何もなくても、いつでも帰ってきなさい……うちで別の幸せの道を探せばいいのよ」

私が手をぎゅっと握ると、すぐに握り返された。時間がかかったけれど、お母さんとまた家族に戻っていけるかもしれない、そんな気がした。

久しぶりに触れたお母さんの手は温かく、思ったより硬かった。


家に帰ると、高橋さんはおばあさんの位牌の前に紅茶をお供えしていた。紅茶を淹れる時に使う決まったカップ。高橋さんが普段使っているものの色違いだ。

彼はじっとおばあさんの骨壺を見つめ続けている。大丈夫、ずっとここにいますから。

そうおばあさんに言っているように、私には見えた。

「ただいまです」

私が帰ってきたことに気づいていなかったのか、一瞬ビクリとして、それからいつも通りの微笑みをすぐに口元に乗せる。

「おかえりなさい。これ畳んでアイロンがけやったらご飯にしますね」

高橋さんはすぐに私から目を逸らして、テーブルの前に立つと、上に置かれた洗濯物たちを手に取った。

「あの！」

慌てて彼の元に駆け寄った。

「その前に、ちょっといいですか？　お話」

「僕は話、ないです」

彼は手を止める気はないらしく、洗濯物を畳み始めた。

「じゃあ、やりながらで大丈夫なので。私、自分語りしますね」

同意の言葉は聞こえてこない。一瞬くじけそうになるのを堪えて、自分の席に腰を下ろしてから、一度呼吸を整える。

「私、今の暮らしがとっても気に入っています。仕事も今すっごく楽しいし、自分を分かってくれる人が少しずつ増えて、帰ってくるとほっとして……ここは、私のお城なんだって」

高橋さんは洗濯物を畳み続ける。

「毎日が幸せ大満足で、人生において今がベストなんです。本当に高橋さんと出会えてよかった、ありがとうございます」

高橋さんは新たなシャツに手を伸ばしながら、「それは、どうも」とためらいがちに頭を下げた。

「私はこんな感じなんですが……高橋さんは、どうですか、今がベストですか?」

反応はすぐには返ってこなかった。高橋さんは頭の中で言葉を整理している様子だ。

「あなたと同じように、僕もこの暮らしを気に入って、満足しています」

「でも、ベストじゃない?」

「言うじゃないですか、人生、時には諦めが肝心だと。あれ、僕の座右の銘かもしれません」

私が黙ったまま、続きの言葉を待っていると、やれやれと彼は頭をかいた。

「たしかに遥からの提案は魅力的でした」

「はい」

「でも、怖さが勝ちました……祖母が残した家を空にする怖さが。いや、それよりも咲子さんと家族カッコ仮じゃなくなってしまうのが」

「怖い？」

「ええ、あなたの言葉でいうモヤが僕の毎日にもかかっていたんだと思います」

洗濯物を畳む高橋さんの手が止まり、いつの間にか私をまっすぐ見ていた。

「でも咲子さんと暮らすようになって……新しい食べ物、新しい人、新しい生活を知って、モヤでぼんやりくすんでいた毎日が彩られていった」

目を細めて語る彼の頭には、きっとこれまでの私たちの生活が浮かんでいるのだろう。ちょっとした事件も、何気ない日常も、一個一個全部。

「最初は本気でなれるなんて思ってなかった……でも、今、恋愛抜きの家族になりかけている。だから戻りたくないです、もう、一人には」

今言ってもらった言葉を全部ゆっくり嚙みしめた。自分の大事なものをしまう胸の奥の引き出しに大切に入れる。

その間、高橋さんは何度か目を逸らしながらも、私のことをその瞳で捉えていた。

「ありがとうございます……嬉しいです。そんな風に、高橋さんが言ってくれるなんて」

「いえ」

高橋さんは私の返事に安堵したようだったが、私は「でも」と、話を続けた。

「それ、ここに留《とど》まる理由にしてませんか？」

「は？」

高橋さんは耳を疑うように聞き返した。

「一人になること……私のこと言い訳にしないで、自分に正直になってみてください」

「言い訳になんてしてません！」

「ムキになってます？」

「なってません」

感情的になる自分を抑えているようだったが、それでも彼の苛立ちが透けて見えた。

「そもそも咲子さんが一人が寂しいと言ったから、僕らは家族カッコ仮になったんですよね？」

「そうです」

ひとつひとつ出口を塞いでいくように彼は質問を繰り返す。

「じゃあもし仮に、僕がここを出ていったら、この関係も終わりってことですよ？　いいんですか？」

「終わりは、嫌ですね」

「でしょ？　そもそも咲子さん一人になってどうするんですか？　また頭下げて実家に戻るんですか？」

「え、私はここに住み続けますよ」

また高橋さんの口から「は？」がこぼれた。これが、私が出した答え。したいこと、してあげたいことだった。

「え、私住んじゃ駄目なんですか？」

高橋さんは唖然として口を開いたままだ。思考を巡らしているようだけれど、どんどん眉間のしわが深くなっていく。

「ごめんなさい、まだ理解が追いつかず」

「だから、私は高橋さんの家で、高橋さんはお野菜王国で暮らせばいいんですよ」

彼はそっと目を閉じた。眉間のしわは刻まれたままだ。

「え、よくないですか。私は今の生活が続けられる。高橋さんはこの家を空けずに済むし、守れるし、好きなことができる。最高じゃないですか？　え、駄目？」

「……いや、その発想は全くなかったので、ちょっと頭整理していいですか」

「どうぞ」

高橋さんはじっとしていられなくなったのか、険しい顔のままテーブルを離れて、部屋の中を歩きだした。

「分かります。私も変に頭固くなってて、こんな単純なことに全然気づけなかった」

おばあさんの位牌近くのソファに腰かけた高橋さんは、「ううん」と何度も唸り、それから口を開けた。

「念のためにお聞きしますが、分かってます？　咲子さんの提案って、つまり僕ら別々に暮らすってことですよ？」

「ですね」

「別に暮らしたら、一人になったら、僕らの関係性……家族カッコ仮は終わりになると思うのですが」

私は思わず立ち上がった。

「いや、なりませんよ、終わりに！」

高橋さんに私の気持ちを全部届けたくて、言葉に力がこもる。

「私たちは別々に離れて暮らしたって一人じゃないし、家族じゃなくなったりしません」

この提案に辿り着くまでに散々迷って悩んだけれど、今は決してぶれず、迷いなく言える答えだ。高橋さんは目を見開き、その弾みに涙が一筋頬をつたった。そのまま俯き、黙ってしまう。

「諦めるんじゃなくて両方取り！　これが私たちの今の、ベターじゃなくてベストじゃないですか？」

言いたいことは全て伝えた。後は高橋さんの答えを待つのみだ。

彼は身体にこもった熱を放出するように息を吐くと、涙を静かに拭った。

「……いいんですか？」

拭ったはずの涙が、また彼の目からほろほろとこぼれ落ちていく。

「……本当に、僕、この家を出て」

「はい！」と力いっぱい返事をすると、一瞬、高橋さんの表情が緩んだ。でも束の間《つかま》、また元に戻った。彼の視線がおばあさんの骨壺を捉えていた。新たな疑問と不安がその表情に浮かんでいる。

「でも僕が、この家を守りたいって言ったから……無理してこの家に住もうとしてるなら」

「まさか、違います！　私、この家が本当に好きになっちゃったんです。ふとした瞬間に、いつも思ってるんです。このあったかい感じ最高、あぁ落ち着く最高、この景色いいな最高って」

照明にカーテン、ソファ、台所の玉のれん、家の所々に置かれた小物たち。目に映るもの全てを愛おしく感じている。

「私は私の理由でここを守りたいなって思ったし、それに」

「それに？」

「もし、この家に住みたくないってなったら、その時また一緒に考えましょうよ。高橋さんもお野菜王国頑張ってみて、駄目ならやめちゃえばいいんです」

「えっと、それは」

一体何を言っているのだと、彼は怪訝そうな顔をしている。

「なんにも決めつけなくてよくないですか？　家族も、私たちも、全部カッコ仮で」

目を真っ赤にした高橋さんは、小さな声で「カッコ仮」と繰り返した。

「言葉にすると、それに縛られちゃうんですよ。周りが決めた普通に縛られたくない私たちでさえも。考え方や大事なものだってどんどん変わっていくんだから、その時のベストを考えればいいし、その時もし二人のベストが全く逆方向で、色々話し合って、それでも無理なら」

「無理なら？」

「無理に家族でいる必要もないんです」

高橋さんが静かに息を呑んだ。私も言葉にするのを少しためらったので、動揺するのはよく分かる。傷つけてしまっていたらどうしよう。

「あ、もしもの話ですよ？　それすらも決めつけなくていいって話で」

急に不安になって慌てて補足すると、「分かってます」と食い気味に遮られた。

高橋さんは骨ばった大きな手で顔を拭うと、またしばらく考える時間をおいて、それからやっと頬にえくぼを浮かべた。

「うん。ですね、とてもいいと思います」

なんだか久しぶりに笑い合えた気がする。

「そうと決まったら、猪塚社長に電話して、お仕事の話繋げてもらわないと。あと、住むにあたって私が家に入れたほうがいいお金とかについても相談させてください」

思ったことを全部口に出しながらポケットからスマホを取り出そうとする私を、高橋さんが制した。

「あ、その前に……ご飯にしませんか？」

「それ、賛成です。お腹ペコペコです」

実はランチに頼んだラザニアセットも、胸がモヤモヤでいっぱいのせいで、半分以上カズくんに食べてもらっていた。腹の虫が騒ぎだすのも時間の問題だった。

高橋さんはソファから立ち上がり、洗濯したてのエプロンに手を伸ばす。

「今日は一昨日《おととい》のご飯の残りと、それとミルフィーユカツなんてどうでしょうか？」

「わ、聞いただけで美味しいって分かります」

「食べる前にハードルをあげないほうが」

「大丈夫です。高橋さんのご飯、絶対ハードル越えてきますから」

料理を褒められる時の高橋さんは、素直に喜んでいて、子供のようで可愛い。本人に言うと変に気にしそうなので、黙っておくことにした。

「あ、私、お風呂洗ってきますね」

「お願いします」

家の片付けを済ませた後に食べたミルフィーユカツはやっぱり絶品で、私たちはペロリと平らげた。残り物も綺麗になくなり、冷蔵庫の中身はスカスカだ。

「明日買い物に行かないと」

そう言いながら、高橋さんは満足そうに年季の入った冷蔵庫を眺めていた。


それから一か月後、高橋さんの引っ越しの日がやってきた。

遥さんに連絡を取ると、すぐに彼女は高橋さんに仕事を紹介してくれて、あれよあれよという間に話が進んだ。スーパーまるまるのみんなからは残ってくれと頼まれたようだったが、高橋さんの意志は固かった。有給休暇を消化して、新生活の準備にあてていた。

「こんな長いこと休んだのは、学生以来です」

そう話す高橋さんは、夏休み中の小学生のように溌溂《はつらつ》としていた。皮肉なことに、愛する野菜売り場の仕事の引き継ぎをほぼ済ませていたお陰で、スムーズに仕事を辞めることができたのだとか。でもきっと高橋さんの抜けた穴は大きいだろう。

「やっぱり、何度聞いても意味分かんねぇ！」

カズくんはさっきから何度もそう言っている。私たちは会社の近くのファミレスでランチをしていた。

「結局高橋さんが家を出て、それで咲子はあの家に？　え、マジ謎過ぎる」

「何度も言うけど大丈夫だよ、私たちは納得してるから」

カズくんは私たちが選んだ答えを聞いた時から不貞腐れていて、高橋さんに「カズくんさんが不貞腐れているのを見るの飽きました」と言われるほどだった。

あれこれ文句を言っていたけれど、結局のところ、カズくんは高橋さんが遠くに行ってしまうのが、すぐに三人で会えなくなるのが、寂しくてたまらないのだった。それは高橋さんも同じ気持ちだろう。「ここまで寂しがってもらえるのはありがたいことですね」と、家のソファで不貞寝するカズくんを見ながら呟いていた。

「ちなみにさ、あえて聞くけど、高橋さんについてくとかって選択肢はなかったの？」

「うん、だって私、今の仕事好きだし。まぁ、もっとずっと先、高橋さんのお野菜王国で働きたいなってなったらそれもありだけど」

くしゃくしゃに縮まったストローの袋をいじりながら、カズくんは「ふぅん」と頷いた。

「とにかくね、私も高橋さんもやりたいことやってみることにしたの。その先のことはその都度考えるってことで、色んなことに縛られるの、やめたの」

「で、見送りもなしに引っ越し」

「自分のために仕事を休む必要ないって」

カズくんの二度目の「ふぅん」がこぼれた。

「何、さっきからその反応」

「や、結局咲子一人になっちまったなって」

「あぁ、うん、まぁね……家のこと全部自分でやるの大変だけど。でもそんな一人って感じもなくて」

カズくんの頭上に分かりやすく「？」マークが浮かんでいる。

「元々私たちの家族の定義は『味方』って意味だから。変に家族ってことに固執する必要もないし、味方なのはどうなったって変わりないし」

「まぁ、いいけど。意味分かんないけど、二人がよければさ」

カズくんはやっと不貞腐れるのをやめて、白い歯を覗かせた。

「ありがとうね、カズくん」

「ん？」

「いつも私のこと理解しようとしてくれて」

「んだよ、急に」

「多分今、あんまり寂しくないのってカズくんのお陰でもあるっていうか……ありがとね」

カズくんはよっぽど嬉しかったのか「だろぉ？」と、得意げに鼻を膨らませている。

「俺って日々成長する男だからさ。この吸収力エグいだろ？」

「エグいエグい」

分かりやすく調子に乗るカズくんに思わず笑っていると、「あれ、兒玉にカズ？」と
ランチにやってきた田端さんと岡町さんが近づいてきた。

「なんだ、二人ともやっぱり付き合ってたんだ」

何も疑問を持つことなく、岡町さんが私たちに「彼の中の普通」をぶつけてきた。こ
んなこと慣れっこの私と違い、カズくんはげんなりと顔を歪めて、「あの」と言葉を返
そうとする。

「やめたほうがいいぞ、そういうの」

サラリと岡町さんを窘《たしな》めたのは、田端さんだった。驚いて、顔を見合わせる私とカズ
くんを見て、田端さんは不服そうに口を曲げた。

「なんだよ、その顔は……俺だって日々成長してんだよ？」

「さっすがっす！」

カズくんは席を立つと、田端さんにハグをした。

「やっと気づきました？　世の中恋愛が全てじゃないっスもんね！」

情熱的なハグに口では「やめろ」と言っているものの、田端さんはまんざらでもなさ

そうだ。ちょっと前では考えられなかった光景に微笑みながら、私はスマホで時間を確認した。そろそろ高橋さんは家を出る頃だろうか。

＊＊＊

黒いネクタイを探している時に、ふとやり残したことに気づいた。今更いいかとも思ったが、引っ越す前に済ませておこうと、重くなりかけた腰をあげる。

予定より少し早く家を出て向かった先は、かつての職場、スーパーまるまるだった。

水谷さんはバックヤードで野菜の荷受け作業をしていた。彼は僕の姿を見て「お疲れ様です」と顔を強張らせた。時間もあまりなかったので背負っていたリュックからノートを取り出す。

「働いてる際に気づいたことなど、メモしてあります。よかったら」

やり残したこととは、これだった。今までの野菜売り場においてのメモ。最近のお客さんの傾向などが書き留めてあるものだ。

「凄く助かります」

頭を下げた水谷さんの目には薄らクマができている。品揃えについての野菜売り場へのクレームが届いていると風の噂で聞いていた。結婚したら何か変わらなくてはいけない。彼もそんな世間の被害者なのかもしれない。

「あ、この前はタオルも、ありがとうございました」

「いえ、おめでとうございます」

ノートを受け取った水谷さんは、じっと僕の顔を見つめている。

「あの、まだ何か？」

彼は意を決したように「あの！」と大きな声で前置きしてから、絞り出すような声で訊ねてくる。

「高橋さんがやめるのって俺のせいですか」

「いや……しいて言えば、水谷さんのお陰です」

彼は「お陰」という言葉が全くピンと来ていないようだったが、とりあえず会話を繋げようと思ったのか、僕の服装に話題を移した。

「あの、今日何かあるんですか」

「祖母の納骨と、それから引っ越しです」

僕は今日、久しぶりに喪服に身を包んでいた。

背中のリュックにはおばあちゃんがいる。寺へと向かう道のり、歩くと骨壺がコツコツと音を立てる。祖母が何か言いたがっているのか、そんな風に思いかけて「いや、これはただの骨だ」と自分に言い聞かせた。

引っ越しに向けて一番悩んだのが、骨壺をどうするかだった。家に残して咲子さんに任せるのも違うし、一緒に連れていくのも違うと思った挙句、結局おじいちゃんの眠る墓に納骨することにした。

おばあちゃんが亡くなった日、頭では分かっていたものの死を認められず、骨壺を家に置いておくことを決めた。おばあちゃんが大好きだった家でずっと一緒に暮らすことが、せめてものおばあちゃん孝行だと思い込んでいた。でもそれも結局独りよがりだったのかもしれない。

寺の住職にお経を上げてもらい、おばあちゃんは高橋家の墓に納まった。いつもより念入りに掃除をして、買っておいた花を手向ける。おばあちゃんが好きだったトルコ桔《き》梗《きょう》だ。今はユーストマと呼ぶらしい。呼び名を変えられて、トルコ桔梗はどう思っているのか。花屋の前でそんなことを考えたこともあったが、今はまぁどっちの名前をこの花が気に入っているか分からないしと、どちらの名前も受け入れることにした。

名前は時と状況、そして見る角度で変化する。それは咲子さんと暮らしてみて一番痛感したことだった。他人だった咲子さんが、同じ会社の社員でブログの読者となり、アロマンティック・アセクシュアル同士となり、同居人となり、家族カッコ仮となった。そして今日、僕と咲子さんは元会社の同僚で元同居人の家族カッコ仮になるのだ。

一か月後、一年後、十年後、この関係がどうなっているか分からないが、それもこれからの僕ならば楽しめるだろう。

おばあちゃんに別れを告げて家に戻ると、軽く掃除をしてから、小鯵《こあじ》の南蛮漬けを作った。これならば温める手間もないし、何日も美味しく食べることができる。咲子さんへの小さなお礼だった。

冷めた南蛮漬けをしまいながら、そっと冷蔵庫を撫でた。新品のピカピカの冷蔵庫は咲子さんが買ったものだ。ずっと前に話したポイント特典のことを覚えていたらしい。彼女は最後まで「高橋さんの引っ越し先に新しい冷蔵庫を置いたほうがいいのでは？」と言っていたが、僕がこっちの家に置いてほしいとお願いした。古い家電ばかりの我が家だ。これから自分の食事は自分で作らなければならない咲子さんが、少しでも気持ちがあがってくれれば嬉しい。

やりたかったことはほぼ終わり、後は自分の部屋からトランクを運ぶだけだ。布団や必要なものは既に送ってあるので荷物は少ない。

ほぼ空っぽになった部屋で、机の引き出しを開けて小さな箱を取り出す。それはおばあちゃんから受け継いだペアの結婚指輪だった。結婚するつもりも予定もないのに、ずっと大切にしまってあったそれを僕はゴミ箱に捨てた。この行動が正しいかは分からないが、これが僕のベストだった。

もうこれでやり残したことはない。トランクを抱えて玄関へと向かう。

玄関に立ち、振り返ってこれまでの人生のほとんどを過ごしてきた家を眺めた。しんと静まった家から響く時計の秒針の音や、窓からさしこむ日の光。それら全てが愛おしく、そして名残惜しい。でも、僕はそこから飛び出すと決めたのだ。

「いってきます」

玄関を開けて、空を見上げる。雲ひとつない青空が僕を出迎えてくれた。

＊＊＊

目覚まし時計をかけなくても朝起きられるようになった。私がそう言うと田端さんから、歳を取ると長く眠れなくなるんだと言われた。そういうことじゃないんだけどなと思いつつ、その場の話を愛想笑いで終わらせたのは、昨日のことだ。笑いながら、今めちゃくちゃ久しぶりに愛想笑いしてるって思ったんだっけ。

ベッドから起き上がり、伸びをするところから私の朝は始まる。

やることはいつも決まっている。全部の部屋の雨戸を開けてカーテンを開く。洗濯物を干して、ゴミをまとめて、植物に水をやり、燃えるゴミの日は庭を掃く。手打ちはしないけれど、うどんを食べる習慣は続いていた。高橋さんに聞いた簡単レシピが何枚か冷蔵庫に貼られている。冷蔵庫の扉には、ピザのチラシや社長賞をもらった時の社内誌の記事、そして高橋さんとカズくんと撮った写真も雑然と貼られている。高橋さんが見たら、無言で綺麗に貼り直されそうだ。

身支度を整えて、時間がある時はちょっと掃除をして家を出る。すれ違うご近所さんに挨拶をして、少し世間話をする。いまだに高橋さんの奥さんとか、羽くんのお嫁さんなんて言い方もされるけど、一応その度、否定はしている。ちゃんと伝わっているかは分からなくても、こういうことをもう流さないことにしたのだ。

会社に着けばいつもの仕事が待っている。「恋するシリーズ」と「イノファームコラボシリーズ」は好評で、私は今この二つの企画を任されていた。

イノファームには月に何度か足を運んでいる。いつ会っても猪塚社長は元気いっぱいで、首にはあのネックレスが今もつけられている。ここ最近はイノファームのミニトマトを使った商品開発を、猪塚社長と行っている。

「コラボ第三弾でしょ？　意外性欲しいよね」

「じゃあ、スイーツとかどうです？」

「お野菜スイーツ？　攻めるねぇ。え、洋菓子？　和菓子？」

昔はよく愛想笑いに疲れて、会社に行きたくないと思うこともあった。でも今は、社長と毎回愉快に会話を積み重ねながら商品を作り上げているのだ。楽しくないわけがない。

カズくんとは週に何度かランチに行く。ランチの度に、彼は私とのツーショット写真を高橋さんに送りつけている。意外なことに、二人はかなり頻繁に連絡を取り合っている。カズくんは最近ハマりかけているというアイドルを高橋さんに布教しているらしいが、今のところ、手ごたえはないらしい。

仕事が忙しくなると、一人でご飯を食べることもしばしばだが、そんな時、ふと覗いてしまうのが千鶴の美容室のインスタグラムだ。千鶴は時々、その中に姿を現す。彼女とは小田原の海で別れてから一度も連絡を取っていない。こうやってインスタグラムを覗くことも彼女は嫌がるかもしれない。でも写真の中で私の大好きな笑みを浮かべている彼女を見ると、少しだけほっとして、私も頑張ろうと思えるのだ。

仕事が早く終わった日は、月に一度か二度は実家に顔を出すようになった。

離婚が成立して兒玉みのりに戻った妹は美術教師への復職が決まり、兒玉家はバタバタしている。ちなみに赤ちゃんの名前は芽吹《めぶき》に決まった。摩耶とめぶちゃんにお母さんとお父さんはメロメロだが、歳には抗《あらが》えないらしく、たまにダウンして手伝いに来てほしいと頼まれる。姪っ子たちは本当に可愛い。

実家での息苦しさもほぼ消えた。もっと頻繁に顔を出すこともできるけれど、今の距離感がちょうどいい。お母さんは私が来るとご飯を作り過ぎるので、毎回容器に大量のおかずを詰めて持たされる。自炊はサボれるならすすんでサボりたいので、このお土産は正直ありがたい。

家に帰ると玄関の前に宅配便が届いていた。ほくほく顔で箱を抱えて「ただいまです」と家に入る。箱の中身はバスケットボール用のシューズだった。

この前メタさんとごっちんさんとそのパートナーの美樹《みき》さんと話していたら、ごっちんさんも元バスケ部であることが判明して盛り上がり、今度体育館で軽く運動をしようということになったのだ。またコートに立てる日が来るなんて、思ってもみなかった。四人だから正式なバスケではないけれど、大学生以来手に取るバッシュに鼻の奥がツンと痛くなる。

バッシュが届いたことでテンションがあがった私は早々にお風呂を済ませて、ベッドに寝転がり練習着やボールをネットで物色しているうちに睡魔に優しく包み込まれ、枕元のランプを消して眠りについた。

最近の私の生活はこんな感じで、控えめに言っても毎日最高だった。


目を覚まして伸びをしていると、スマホが鳴った。画面を見ると、羽色キャベツさんのブログ更新のお知らせだった。嬉しくなってページを開くと、ブログのタイトルには「一周年記念」の文字があった。

そうか、高橋さんが引っ越してもう一年が経つんだ。

高橋さんがお世話になっているキャベツ農家さんは、富士山の近くにあり、よく彼が富士山の写真や採れたてのキャベツの写真を送ってくれる。メインはキャベツで、それ以外の野菜も扱っているらしく、毎日忙しそうにしている。最初のうちは慣れない人付き合いに悪戦苦闘していたものの、彼が作ったキャベツの洋風浅漬けが好評で、それをきっかけにご近所さんと打ち解けたらしい。毎日勉強の日々で、仕事について書き留めたノートがもうすぐ六冊目になると、高橋さんはメールで教えてくれていたっけ。

ブログに目を通しながら、青空の下でキャベツに囲まれて暮らす高橋さんを思い浮かべると顔がニヤけてしまう。彼は着実にお野菜王国に近づいているようだ。朝から元気をもらい、私はある計画を実行すべく、ベッドから立ち上がった。

『一周年記念

前の仕事を辞めて、一年が経った。僕は、幼い頃から暮らした家を出て、昔からの夢を叶えようとしている。転職くらい珍しいことじゃないと思う人も多いだろうが僕の中では大革命、大冒険なのだ。思えば、ずっと諦めの中で生きてきた。なぜ自分のほうが伝わるように努力しなければいけないんだ、理解してもらわなければいけないんだ、僕のことは放っておいてくれ。そう思っていたし、今もこの考えが間違ってるだなんて思わない。ただ僕は、この一年と少しの間の新しい出会いによって、ほんの少しだけ諦めの中から飛び出してみることにした……諦めをやめた分だけ、自分に返ってくるものがあって、多分今、生まれて初めて思っている。こんな人生も悪くないって。　羽色キャベツ』

電話をかけると、すぐに高橋さんが出た。

「はい、もしもし」

「あ、今大丈夫ですか?」

「大丈夫だから電話に出ています」

「ですよね～」

スピーカーモードにしたスマホを傍らに置き、私は台所に立っている。

「今、ロールキャベツを作ってるんですけど」

「珍しいですね、咲子さんの雑じゃない料理」

「いや、多分私が作るから雑なロールキャベツには絶対なっちゃうんですけど」

こねたひき肉を先ほどからキャベツで包んでいるが、形も大きさもどれもバラバラだ。

「送っていただいたキャベツをね、カズくんとみのりにおすそ分けするんで、せっかくだしみんなに食べてもらおうかなって」

「なるほど」

「それでなんですけど、煮る時にあの、葉っぱみたいなのあったほうがいいですよね」

「ローリエですか」

「そうです、それ」

「蟹と蟹みたいなものくらい違います」

そう言いながら、高橋さんが何かを頰張る音が聞こえてきた。

「蟹、好きですねぇ、って、あれ、高橋さんお昼ご飯中でした？」

「先ほど焼いた焼き芋と、昨晩取って余った邪道ピザです」

少し前の高橋さんなら考えられないチグハグなランチメニューだ。

「あ〜二日目のピザは、それはそれでいいですもんね」

「それはそれで、です」

「焼き芋もいいなぁ」

「ホクホクです。今度お送りしますよ」

「私でもホクホクにできますかね。んじゃ、私ローリエ買ってきますね！」

「はい、カズくんさんたちによろしく」

こんな感じで私たちはたまに電話をする。日に何度もかけることもあれば、数週間、会話をしない時もある。この関係が非常に心地よかった。

電話の後、なんとか全てのひき肉をキャベツにしまい込むことに成功した私は、スーパーへ出かけた。そのお供は最近買った電動自転車だ。自転車を抱えて石段を下りる時にかなり重いのが玉に瑕《きず》だが、このあたりは坂道が多いので重宝している。

愛車に跨《また》がり坂道を下ると、どんどんスピードが出て、いつも子供みたいに笑ってしまう。今頃、高橋さんは邪道ピザでお腹をいっぱいにして、午後からの仕事を頑張っているだろうか。ブログに書かれていたように「こんな人生も悪くない」と思いながら、時々両頰にくっきりえくぼを刻んでいてくれたら、私ももの凄く幸せだ。

これが、大満足な毎日、大満足な私たちの形。

でも、この大満足に、それでも、何かを言ってくる人たちがいるかもしれない。傷ついて腹が立つこともあるかもしれない。時々怖くなる。

でも、絶対忘れちゃいけない。私の人生に何か言っていいのは私だけ。私の幸せを決めるのは、私だけ。

この勢いのまま、ペダルを漕《こ》がずにどこまで行けるだろうか。

自転車はぐんぐんと駅前のスーパーに向かって進んでいく。私も進み続けたい。私たちのベストへ、私のベストへと、前へ前へ。

解説

桜庭一樹

「私の人生に何か言っていいのは私だけ。
私の幸せを決めるのは、私だけ」

NHKドラマ『恋せぬふたり』（二〇二二年一月〜）のラストシーンで、このセリフを聞いたときの気持ちは忘れられません。本当にその通りだと思ったし、同時に、自分がこれまで半世紀以上も生きる中で、いかに人にジャッジさせてきたか、自分の核を誰かに明け渡したうえで傷ついてきたかを自覚したからです。

あの夜は考えが溢《あふ》れ、思い出も幽霊のように暴れ、眠れませんでした。

優れた物語には、受け手の価値観を変化させ、成長させる力があります。吉田恵里香さんの作品は、人間の弱さや欠点、ちがいを肯定する視線を持ちながらも、前進を促す啓蒙的《けいもうてき》なエンターテインメントで、わたしは何よりそこが素晴らしいと思っています。

吉田さんの脚本作を追いかけるきっかけは、テレビ東京のドラマ『30歳まで童貞だと魔法使いになれるらしい』（通称「チェリまほ」、二〇二〇年十月〜）でした。わたしがこのドラマの放映から一年後に〝沼に爆速でダイブ〟（あるチェリまほファンの方の表現です）した様子は、X（旧Twitter）で〝チェリまほ　桜庭一樹〟と検索していただけると、現在（二〇二四年十一月時点）もお読みいただけます。

わたしが吉田作品を愛してやまないのは、なにより人間の優しさを知性として描いているからです。

ちょっと思いだしてみてください。ドラマや小説で、善良な男性はこれまでどのように扱われてきたでしょうか？　優しさや繊細さは、愚かさや女々しさ（悪い言葉！）として描かれがちでしたし、ことにラブコメでは、当て馬役を振られがちでした。あげく、モラハラ男がヒロインを苦しめて不安にさせてその加害の不安を恋愛のドキドキと勘違いさせて強引に恋愛関係に持ち込んだりとかよくしましたよね（興奮して早口に……）。

わたしは二〇一〇年代に「振られハンサムは内股で歩く」というラブコメの法則をみつけました。ずっと、内気で優しい振られハンサムのほうをはらはらしてみつめている視聴者でした。

「チェリまほ」の主人公の安達《あだち》と黒沢《くろさわ》は、知性があるからこそ善良な人物として描かれています。これは、吉田恵里香さん脚本のＮＨＫ朝ドラ『虎に翼』（二〇二四年四月

〜）の人気キャラ、優三《ゆうぞう》さんにも踏襲されていると思います。わたしも言わずもがなの#優三派です。

人の弱さを欠点とはせず包みこむ面も、吉田脚本の美点だと思います。それから、ラッキースケベ的な展開がないところも最高です。病気で弱っているとき、恋人からエロい目で見られるのは最悪の経験だと思います。高熱を出した安達が着替えるとき、黒沢がきちんと背中を向けているシーンを見て、病人が弱っている姿を性的に消費しないことにわたしは安心しましたし、若いころのいやな思い出がまざまざと蘇《よみがえ》り、三十年前（！）の恋人にいまさら腹を立てたりもしました。

さらに画期的だったのが、藤崎《ふじさき》さんという恋愛しない女性キャラを立てたことです。恋愛ドラマは、恋愛するのが正義というか、しないキャラは周りにからかわれて恋愛をするように矯正され、それがハッピーエンドということにされることもありました。藤崎さんのおかげで、恋愛ドラマの中で「恋愛はしてもしなくてもよい」という価値観が登場したことに、ほっと救われました。このキャラクター設定はじつは原作の漫画にはなく、ドラマオリジナルのものでした。

それから『ダブル』（WOWOW）『恋せぬふたり』とわたしは吉田作品のドラマを追いかけました。二〇二二年、わたしは「すばる」で「変化する価値観と物語の強度」という対談の不定期連載を始め、第一回のゲストとして吉田さんにお越しいただきました。

この日、興味深いお話をたくさんお聞きすることができました。

以前からアロマンティックやアセクシュアルについてのドラマを作りたかったけれど、企画がなかなか通らなかったこと。「チェリまほ」を見たNHKのディレクターの押田《おしだ》友太《ゆうた》さんが声をかけてくださり、『恋せぬふたり』が制作されたこと。脚本を書く前に当事者の方への取材を行ったこと。ディレクターの押田さんは当事者の方の集まる会にも参加したこと。アロマンティック・アセクシュアル考証（監修）者も三人ついてもらい、たとえば劇的な展開を考証者の意見をもとに取りやめたり、主人公に恋人が三、四人いたという設定などを細かく検討し変更したこと。

社会的にマジョリティとされる人が、社会的にマイノリティとされる人について書くとき、必要な学びとは何か。どんな覚悟を持って書くか。このときのお話は勉強になりました。

そのうえで、「自分の価値観を決めるのは自分だ」というテーマが、ドラマの太い柱になっています。

テーマに関わる大事なシーンが二つあります。一つは冒頭で引用した部分。

「私の人生に何か言っていいのは私だけ。

私の幸せを決めるのは、私だけ」

このセリフは、最初は「文句言ってる奴《やつ》なんかくそ食らえ！」「私の人生は私だけのものだ！」というような言葉で書かれていたそうです。ちょっと強すぎるという指摘があって書き直し、このセリフになったと。

もう一つは、羽《さとる》が咲子《さくこ》の家族に向かってこう言うシーンです。

「なぜ僕らが、僕らを祝福、いえ、『そっとしといてくれない人たち』を納得させなきゃいけないいんですか」

このセリフは、脚本と小説にはありますが、ドラマではじつは使われていません。現場で俳優の方や撮影チームの方々と相談する中で、

「何でこういう時って『こういう人間もいる』『こういうこともある』って話終わらないんですかね」

という柔らかい言い方に変わったからです。

これについて吉田さんは、映像面では大正解だったと判断しつつ、小説は表現が異なる媒体なので、両方のセリフを採用する形にしました。

この二つのシーンは、テーマと直接結びついているだけに、セリフも重要です。だから脚本でも撮影現場でも小説でも吟味されたのだろうと思います。

この作品は、アロマンティックやアセクシュアルの当事者の方の存在を可視化させ寄り添うというメッセージがあったと、わたしは感じています。同時に、たとえばわたしのような非当事者たちに対して釘《くぎ》を刺してくれているとも思います。自分の偏見をもと

に無知なままジャッジするなと。他者が己とは異なる存在であることをまず祝福せよと。もしそれさえできないような人間なら、せめて相手をそっとしておけと。

対談でお聞きしたお話が、もう一つあります。「チェリまほ」の黒沢が優等生的な人物なので、ホワイトウォッシュした面があるのではという考えが吉田さんにあり、その後に書いた『恋せぬふたり』の咲子と羽は、弱さや欠点もある性格にしたのだそうです。わたしは黒沢の優等生らしい不器用さも好きですが、壁にぶち当たる勢いが凄《すご》すぎる咲子のまっすぐな破天荒さや、羽の倫理観ゆえの頑固さも大好きです。

異なる立場のたくさんの人々が、それぞれ失敗しながら学ぶこと、なかなかすぐには変われないところ、その全部を見守る脚本から、わたしはやはり優しさという知性を感じます。何度も言いますけれど、優しさが賢さだというメッセージを、吉田作品のキャラクターからも作者の吉田さんからも感じるからです。

小説版『恋せぬふたり』を読んで連想した小説があります。『82年生まれ、キム・ジヨン』（チョ・ナムジュ著、斎藤真理子訳）です。

この作品は、社会問題を小説に直接的に記録する手法を使っていました。韓国には中国由来の科挙制度が長らくあったため、文人が政治に関わって社会を変えていくという自負が文壇に流れているそうです。また日本の植民地支配や国内政治の影響から、市井《しせい》の声なき弱者や死者の声を文人が代わりに大声で伝えるという義務感も、作家にあることが多いと。

そもそも、中国には宋《そう》の時代から「文を以《もっ》て道を載せる」（周敦頤《しゅうとんい》『通書』）つまり文章で道理や正論を述べることが文学である、という考え方がありますから、中国および韓国では、昔からずっと存在した価値観なのだと思います。

日本は、比べると、小説で社会問題を直接は書かず、抽象性をもたせることが芸術だという考えのほうが強いように思います。でもキム・ジヨン登場後は、社会問題を告発する啓蒙的な書き方をする小説も少しずつ増えています。

ドラマの世界で、キム・ジヨンのインパクトに当たるのが吉田作品ではないかと、わたしには感じられます。新しい書き方をする社会派のコメディドラマがここ二、三年でどんどん増えているようですし、それらを追いかけるのも楽しいです。ドラマは、そして小説は、今後ますます面白くなるでしょう。その流れの中心で書き続けるだろう吉田恵里香さんの作品を今後も追い続けたいと思います。

（さくらば・かずき　作家）

本書は、二〇二二年四月、書き下ろし単行本としてNHK出版より刊行されました。

この物語はフィクションであり、登場する人物、団体名、事象等は実在するものとは一切関係ありません。

本文デザイン／目﨑羽衣（テラエンジン）

集英社文庫

恋《こい》せぬふたり

2024年12月25日　第1刷
2025年 2 月12日　第2刷

定価はカバーに表示してあります。

著　者　吉田恵里香《よしだえりか》

発行者　樋口尚也

発行所　株式会社 集英社
東京都千代田区一ツ橋2-5-10　〒101-8050
電話　【編集部】03-3230-6095
【読者係】03-3230-6080
【販売部】03-3230-6393（書店専用）

印　刷　株式会社広済堂ネクスト

製　本　株式会社広済堂ネクスト

フォーマットデザイン　アリヤマデザインストア　　マークデザイン　居山浩二

ISBN978-4-08-744724-8 C0193